飞鸿踏雪泥

杨敏 著

同济大学出版社

序

数学里有个概念叫通分。

其实，一个人在体制内久了，入世久了也会被通分。

不只是体制，在任何一个群体中久了，都会被通分。

可是，只要本色还在，一旦化简，就会还原。

化简之后，你还是原来的你。

所谓化简的一面，就是非职场的一面，不入世的一面，不装的一面。

化简之后的情形就是，你在一个渡口，不急于赶路，停下来，看雪后静止的小船、日落、老树、枯叶、残荷，听鸟鸣。

在河滩上转转，看沙痕，看水草，看小水湾里的游鱼、螺蛳。

这时候才发现，所有你格外喜欢的，只因为那些东西会熨帖你化简的一面。或者是你渴望却一直未能做到的，那种全得天然的消散、淡泊、安静、自在。

陶渊明的东篱，王维的南山，张岱的西湖，都有那种遮不住的东西，生动，撩人。

之前，你还有执意想得到什么荣名的渴望或欲望。但是看这些东西之后，看着看着，那种渴望或欲望就止息了。

书是一座山。

忙完工作后，静下来读书，放下肩上的担子，入山。

深山，泉边，或坐或依，等雪，听风。

每一个静谧安顿的读书时光，都有山居一般的寂寥美好。

书写的快乐，好似来自心底的泉流涌动。

泉水流淌出来，自高处飞下，自然而恣意；如飞瀑落入涧底青石上，激起朵朵水花。

那水花，让写的人熠熠生辉，让写出的字别有洞天。

其状态，就是以青藤绿叶，夹杂些许细碎茉莉，环绕在古老石垒上。蕴藉，清灵，让人久久徘徊其旁。

真正的书写，是自我觉醒。

文字、绘画、乐曲，可以厘清思路，回顾往昔，反观自我，观照世界，天上人间，无限宇宙。

原来混沌一片的，慢慢理出脉络了；原来不清晰的，清晰了；原来浅显的，深刻了。

一些深藏的玄奥思绪，也会一点一点水落石出。

敏锐地感悟，又能精准地把这感悟写出来，稀有。写出来了，又能与众不同，更稀有。

柏拉图是。老子是。莎士比亚是。梵高是。他们都是一个磁场、能量场，可供人休憩，滋养，整饬。

也是在月亮下一个人清理自己的战场，掩埋遗体，擦干血迹，矛归矛，盾归盾，把各类兵器重新修好，放在一起。

然后坐下来，一个人，一壶酒，一地月光。

本书收录了作者 50 篇散文随笔，以读书、影评、忆旧为媒介，书写所感所悟人生：人生到处，皆似飞鸿踏雪泥。

上苍给蜻蜓以明目、亮翅、飞翔，给枯莲以池塘、碧水、四季，给雄鹰一野蓝天，给蜘蛛一根丝线，给高山以巨石古松，给杜鹃以未归的瞭望，给种子以空旷大地，给树根以花叶尽归的深情绵延。

万物都将化为泥土，泥土始终孕育万物，自古以来，好雪片片，从未落到别处。

杨敏
2020 年 8 月

序

有时候，人会孤立在时间之外

残荷无盖，唯有努力擎雨

心存一个远梦

最悲哀的不是生命流逝

人有眼障，也有心盲

后记

第一章

有时候，人会孤立在时间之外

01

“

少年时所处的时代，几乎无书可读，等到知道蒙田其人，是上大学以后。他的全名是米歇尔·德·蒙田（Michel de Montaigne，1533—1592），法国思想家、作家、怀疑论者，活跃于文艺复兴时期。他阅历广博，思路开阔，行文无拘无束，其文字对弗朗西斯·培根、莎士比亚等影响都很大。留世的作品被后人汇集成《蒙田随笔全集》，百万字左右。所著《随笔集》三卷，名列世界文学经典。蒙田被人们视为写随笔的巨匠。

读《蒙田随笔》（黑龙江科学技术出版社 2012 年 3 月版），源于一次在别人的文章中看到引用两句蒙田的话：“知道自己说过或做过什么蠢事，实在没什么大不了的，我们还必须广泛地学习更重要地一课：我们不过是个蠢蛋。”“懂得死亡的道理，可以帮助我们摆脱一切束缚和制约。那些明了丧失生命并不是件坏事的人，肯定会坦诚自若地面对生活中的任何事情。”

”

我见
青山多妩媚

很多触动心弦的东西都是忽然间跳出来的，就像初秋的清晨，走在杂草处处的原野，你沾满露水的双脚，惊起了一只只草间的蟋蟀或蚂蚱。

一瞬间，它们的亮翅，在你眼前的朝阳下闪起。那种美丽透明，晶莹剔透，让你怀疑它是否真切存在，一时间，甚至不知怎么去欢喜，去面对。

文字亦如是。

有些文字一出现在你的眼底，你就会觉得自己的灵魂受到了某种提携，忽然间就从污浊的世界里挣脱出来，如一个长久远游还家的游子，踏着激动的脚步，辨识着快要陌生的土地，心里是满满的欢乐，也带着淡烟衰草的忧伤，独自走在新绿满眼的旷野里。前方，是通往树下即门前的，你家的那条小路。

比如蒙田在《蒙田随笔》里这样写：

> 可以确切地说，是习惯而不是知识，让我们驱除了对事物的陌生感和奇异感。
>
> 朋友痛苦时，眼泪集约以表达悲伤之情，但是当子女亲人痛苦时，不管用什么方式表达都嫌不够。

天生就性情愚钝，很少被如此强烈的情绪困扰，再加上总是用各种道理开解自己，所以就更加麻木了。

中庸的人，既无法成为智者，又不屑成为愚蠢的人，最危险的非他们莫属。他们办不成大事，又讨人嫌，除了给世界添乱之外一无是处。

如果没有一定的主意占据心灵，把它约束范围住，它必定无目标地到处漂流，入于幻想的空泛境遇里。灵魂没有目标，它就会丧失自己。

突如其来的打击，往往能冲垮我们精神的堤防，使得我们心中的痛苦就只剩下五内惧裂，心如死灰了，除此之外，还有什么可以代表那时的心情。

快乐总掺杂着痛苦，人类无法享用纯正、完美的东西。既如此，奉劝读者诸君：内心过分单纯和敏锐，看问题的目光过于明察秋毫，实际并无好处。处理人间事务时粗线条即可，不必过分深究。世间万事万物，总存在太多彼此矛盾的方面和各不相同的形式，考虑多了，反而迷茫。

有特质的文字，因为发挥了作者的独特，而具备别人所没有、所不能、所不敢。你能感受到书写者骨子里的叛逆、反常，经历的繁复、艰辛，灵魂的寂寥、落寞，以及一次次彷徨无助后，绝地反击的坚强。那样子，就是手执利剑，依照自我心性驰骋的独行侠佐罗，黑衣，行走带风。那文字已经不再是文字，而是目光炯炯的那个人。

在无形的气场下，书写者的那些文字，会引着你跟着他的思想一路向前，带着你一起进入生命的真相。时而，你会豁然：你就是遥远晋朝的那个武陵人，在一番蜿蜒逶迤之后，找到了自己的桃花源。

那文字犹如满蕴温存的无形手指，一次次穿过你的发际，梳理着你似乎已经累积了一万年的迷惘、落寞，熨贴着你几欲刺破青天的倔强、叛逆，轻拥着你与其他人截然不同的反常，怜惜着你无可名状的，头悬梁锥刺股的艰难。

尤其是一些简练至极，又含蓄隽永的文字，言有尽而意无穷。那状态，就像中国画的留白，欲说又止，满是言外之意。又犹如音乐中的休止符，或是释祖的拈花微笑，让你对文字后的蕴藉无限期待。

而此时的你，仿佛为这个留白，这个话外音，这个休止符，这个拈花的静默时刻，为写下这留白文字的那个作者，那本书，已经等待很久了。

读这类文字时，你会觉得时间过得飞快，不知不觉就黄昏了，恍惚了一下就是深夜。而你，正走在一个由作者铺好的，连接到宇宙和世界、他者和彼岸的柔光通道上，你和天地、和整个人类似乎都打通了。

这期间，你就如同遇见了一个相识不止千万年的知己，你和书写者，已经一起经历了许多次的生命轮回。而今生今世你来到这世界，就是为了等待和这个书写者重聚。

你知道这个茫茫天地间，早已有人在与你同呼吸、共命运，一起品味苦涩和辛酸。无论你做什么，都有人在支持你，信任你。不管你是成功还是失败，是伟大还是渺小，是出类拔萃，还是平庸无闻，都有人在坚信你过去、现在、将来，一直都有与众不同的特质。这信念的坚韧程度，甚至超过你对自己的信任。

于是，你越发坚信你的生命无论多平凡，也是天地之间的一个传奇。在喧嚣尘起、漠然冰冷的人世间，早就有人先你而来，带着以心血凝聚成的书本在等着你。用带温度的文字，激赏着你的独特与唯一，鼓励着你绝地逆袭，在贫困和艰难中衔枚疾走，矢志不渝地成就自己。

那当儿，自认渺小如尘埃的你，不再寂寞，不再孤独，融进了古已有之的，属于你的那个群体，你的生命变得完整，性灵之舟开始起航。抑或是，你感觉你在长久漂泊之后，开始一点点靠岸了。

佛有佛语，菩萨有菩萨道，众生有众生情。人人最渴望的，是有人懂。

写作需要才情、学识和人生阅历。阅读也同样。阅读者自身的才情、学识和人生阅历，决定了阅读的广度和深度。苦心孤诣的作者，无不渴求心有灵犀的知音。

无人懂，是每个书写者最大的 Bug。

懂得，本是一种感应道交，所以难。

对书写者而言，很多阅读者都是过路人。那些过路人所说的“知道你”“懂你”，只不过是能认出你写下的那一串串字，知道你的字面是什么意思。就像当下有的女孩，对你说她略懂女红，实际上呢，不过是她的扣子掉了，很快就能给自己缝上。

阅读这一行为，说到底是心与心的相遇，带有私密性质。两者相遇时，阅读者会柔情涌动，豪气冲天，风壤无尽，山河万里。仿佛内心潜藏多年的暗恋落了地，又腾了空。深陷阅读佳境的时候，阅读者与书写者的精神对接，如同高山流水，直冲潭底，飞起的水花，又如湍流的回眸一样柔美。

普通写手，只要赞美；特殊作者，但求理解。

如果你遇到那个懂你的文字的人，幸！如果你是那个懂别人文字的人，你和书写者彼此就会如风行水上，他的文字自然成了你的桃花源。桃花源里那条小河，正河水清且涟漪。

我见青山多妩媚，料青山见我应如是。

02

“

海子是我们这一代人的一个特殊存在，也是一种精神标识，从大学时代一直到现在，他的诗歌都是我最喜欢的。他是我们安徽老乡，1964年出生于安徽省怀宁县的高河镇查湾村，1979年以15岁之龄进入北京大学法律系，1983年毕业后在中国政法大学任教。1989年3月26日，在河北省山海关卧轨自杀，年仅25岁。他留下的主要作品有：长诗《但是水，水》《土地》；话剧《弑》；约200首抒情短诗等。

我手头常翻常读的，是他的《海子诗全集》（作家出版社2009年版）。从20世纪80年代末到现在，这么多年，海子的诗歌，一直都是我读书、工作和生活中一个美好的存在。

”

永以为
好的那些东西

艺术都是有灵的，诸如灵魂的不安、焚香的烟霭、教堂的暗影。

海子有一首短章《遥远的路程》，每次想起它，一切都会慢下来，朗润起来：

> 雨水中出现了平原上的麦子
> 这些雨水中的景色有些陌生
> 天已黑了，下着雨
> 我坐在水上给你写信

诗歌能让人变得轻松。于人，它就像一支慢箭，悠悠地飞出去的木箭。它有一种慢慢的，被带走的那种美。人在不知不觉中会被它带走。带走久了，会一度在梦中和它重逢，悄悄的，留在心中，很久。

一个人究竟能给别人什么呢？最触动人的，就是把自己内心有生命的东西给别人。他对生命的感受，和人分享他的快乐、兴趣、理解力，他所学到的知识，他的幽默、悲伤、醍醐灌顶的顿悟，一切源自他生命根底的东西，他身上有生命力的灵光。

给予，是一个人潜能的最佳呈现，也同时会给自己带来无可比拟的快乐。

人，会因为给予别人有生命力的东西，或接纳了唤醒自己生命力的东西，而充满活力，升腾起前所未有的生命感，包括自己的生命感，对方的生命感。就像读到傅雷说中国人的知足常乐：

> 明知挣扎无益，便不挣扎了。执着也是徒然，便舍弃了。这是地道的东方精神。明哲与解脱，同时也是卑怯、懦弱、懒惰、虚无。反映到艺术上，便是没有波澜的寂寂的死气……

真正温暖别人的情愫，一定包括三方面：尊重、关怀、责任心。

它是一种积极的力量，会冲破人与人之间的高墙，义无反顾地和别人相通。

但是，必须先了解对方，才能真的尊重对方。否则，尊重、关心、责任心，都会盲目。

只有温暖的东西,才会让一个人从自恋而产生的孤独感中解放出来，开始关怀他人，慢慢建立自己与他人的连接感，与世界的共在感。

然后一点点与他人达到一种统一，体验并深切感受，善唤起善的力量。

很多人所说的爱，其实不是爱，而仅仅是接受爱。

人有一种本能，喜欢以显示自己弱小的方式，来寻求怜惜。这时候的人，是阴柔的、虚弱的、被动接受的。

只有那些被唤醒爱，而不是仅仅接受爱的人，才有鲜活的生命力迸发出来，成为能量，助动自己，也推动他人。

因为对这个世界充满深情，对某个人、某几个人充满深情，而努力让自己变得更好,慢慢变得谦恭、勇敢、真诚,懂得自我约束,一步步提升,这就是被激活的生命力。否则就只能是爱的接受者、索取者,不是爱。

对很多年轻人而言,友情、爱情、理想,在学校的象牙塔里绽放盛开。可一到外面的大世界就枯萎了,就像从温室里剪下来的玫瑰枝条,几乎无法在风霜齐下的旷野里存活。

人与人,一些不信任的产生,是由于本来应该让你了解的东西,不仅被埋住了枝干、埋住了根,还把上面的泥土也踩得严严实实。你所看到的,只剩下了叶子。

有些人,从十几岁开始就把自己封闭起来,不愿与人深入交流,不是因为懂得了尊重和尊重隐私,而是不信任。

人的写字能力会衰退,读字的能力一样,就像人的判断能力也会衰退一样。

评人家的东西,既要冷静,又要热情。冷静又热情到什么境界呢?到那种前可见古人,后可见来者,独怆然而涕下的境界。只有这样,才能成为好的评论者。

对着一个没有思想的作品,细细打量的时候,就好像是对着质量不好的布帛,浸了水就懈懈的、松塌塌的,卷也卷不起来,挂也挂不起来,铺也铺不开来。你不管怎样想把它晾晒在暖风里、太阳下,让它现出好看的样子来,都不成。

站在太阳下的风里,对着它发了半天的呆,也无良方,最后叹口气,有点可惜地把它卷起来,放到角落里搁置了。

看一篇关于相遇之美的文字。

其实, 真正让人幸福和快乐的, 不是相遇的那个人, 也不是自己喜欢、爱的那个人, 而是自己。

所谓相遇, 是因为那个相遇的人, 让你和曾经的自己, 或者想达到而未达到的自己, 在温暖的灯光下聚首了一次。所谓和最好的人相遇, 实际上是在和最好的自己相遇。

喜欢柔美中荡漾着一些英气的女人, 也喜欢英气中荡漾着一些温柔的男人。

所谓宿命, 主要是由我们的先辈, 而非星宿决定的。真正决定什么会降临到我们身上的, 是周遭那些人的行为, 以及之前一些人的行为, 他们来自家族、亲族、故土、故国。

因此,有些人极少抱怨,也极少否认谁,只是默默承受苦难,施爱与人。

经历了疾病与健康,顺境与逆境,到最后才能独立,与宿命切割分离。

中国人和自然之间, 好像有一套无处不在的精神密码。这种密码就是人具有不可思议的耐性, 能够与任何天灾人祸, 与任何祸福无常做周旋, 周旋到底。不轻易放弃, 不轻易撒手, 不轻易倒下。

一个人, 凭什么成为灵动又坚固的自我? 凭什么让人敬重? 凭什么让人守护不走?

第一是美貌, 然后就是智慧。美丽就是一种魅力, 是一种浑然天成的诱惑。花鸟虫鱼，木石草树，皆有美貌。人，总是不由自主流连美丽，赞美它。

如果一个人对美丽的东西说多了，到不知不觉地赞美的地步，那差不多就是爱了，或者已经在开始爱了。

如果你不够美丽，那就一定要有智慧。有智慧的人，年轻的时候也许不怎么样，但是年老以后你就觉他越来越像样了。因为有层出不穷的锦囊妙计而从容游刃，就会觉得那样的人真的鹤发童颜了。

完美的作品，都是一挥而就的，比如《兰亭集序》。

于人而言，深厚的教养所养成的那种理性勇敢，远远胜过没有知识、没有情怀的那种拍案而起和鲁莽。大凡让事情有好结果的，都是前者；把事情弄得不可收拾的，差不多都是后者。

人的目光很奇怪，有的人目光比冬天的太阳还暖，有的人目光比冬天的北风还冷。

看一些教人如何学聪明、如何及时转身、如何见好就收的文字，觉得薄情、寡情和精于算计，在一些人那里总是理直气壮，总是有理。刻薄起来，骂起人来，总是理直气壮。

真叹服，人竟然可以这样——无情也无情得理直气壮，薄情也薄情得得意洋洋。

每个人其实都在努力战胜自己一些不好的本性，可并不是人人都有战胜自己不好本性的力量。

就像人人都想脱离烦恼，并不是人人都能做到。因为快乐来自人心，和财富和权力不成正比。求脱离烦恼，非智慧不可。

一直喜欢黑白的物品。总觉得黑色和白色的物件儿，不庄严也有几分庄严，不美丽也有几分魅力。纵然是色情的东西，也感觉它色情不到哪里去。就是色情的时候，也有庄严在。

很多城市都有美食一条街。白天，它烟雾缭绕，吆喝声四起，啤酒的泡沫在每张简陋的桌子上翻花。知道它骨子里是一种享乐，颓废，今日醉。

但是月光下，人散去，烟雾散去，没了吆喝声，桌椅板凳也各自归位，一条街就成了一幅黑白水墨，在寂静里，留白得无声无息。

世间有无尽的是非、无穷的喧嚣、无边的诱惑，只要是个人，就不能不在其中走过。要想不管不顾，任凭怎样风动幡动，心岿然不动，旁若无人自顾自向前走，谁也做不到。可是如果处处动心，那恐怕要一生慌张，不得安宁。

人之所以喜欢飘飘洒洒的大雪，喜欢雪中景物，喜欢重叠交织的无声黑白，喜欢风雪中弯弯的小桥、静静的流水、灰砖白墙的房子、曲折的石板路、落尽叶子的杂树、依偎在河岸的小摇船，其实是心灵深处对一种黑白分明的喜悦，对干净静谧的渴望。

春来江水绿如蓝。

当下正是苦寒时节。可寒冬之后就是春天，不远了。

一直莫名喜欢蓝色衣衫和布料，水蓝的、淡蓝的、海蓝的、天蓝的。质地呢，则是棉布、麻布、丝绸。

总以为蓝色衣衫，蓝色棉麻丝绸布料，有一种母亲感，一种姐妹感，一种女人感、大地感。就是世间善良的、柔软的、飘逸的、纯净的，永以为好的那些东西，平和又清雅，入世又出世，就像是风雨故人来。

常常会想起海子的绝笔诗《日记》，总觉得它是蓝色调的：

姐姐，今夜我在德令哈，夜色笼罩
姐姐，我今夜只有戈壁
草原尽头我两手空空
悲痛时握不住一颗泪滴
姐姐，今夜我在德令哈

这是雨水中一座荒凉的城
除了那些路过的和居住的
德令哈……今夜
这是唯一的，最后的，抒情。
这是唯一的，最后的，草原。

我把石头还给石头
让胜利的胜利
今夜青稞只属于她自己
一切都在生长
今夜我只有美丽的戈壁，空空
姐姐，今夜我不关心人类，我只想你。

03

“

《生命与记忆：柏格森书信选》的作者柏格森，是我最喜欢的西方哲学家之一。柏格森是20世纪法国最著名的哲学家，法国人常将自己各方面的成就首先归功于他的启发。他认为人生的本质是不断地创造，而创造的“冲动”和智慧，则基于个人意志的专注和社会正义感。他还独创形象、通俗的哲学表现形式。

这些对我影响很大，多年前写的一些研究古代文化的论文，就是受了他思想的启发。收藏、阅读他的《生命与记忆：柏格森书信选》（经济日报社2001年版），就是一份欢喜，一份滋养。下面是一次飞行旅途中的读书笔记。

”

所有过往，皆为序章

长途飞行空中的深夜，在机舱的最后一排，有一种无法言传的美好。

与世隔绝的空间里，灯都关了，白天的喧嚣都一一隐遁在不太黑的暗夜里了。飞机悬在辽阔高空的那种虚幻，以及虚幻裹挟着的淡淡飘忽不定，若有若无的担心，也都稀释在模糊的夜色里了。

靠窗的座位，膝上是装帧设计极简的《生命与记忆：柏格森书信选》，是柏格森写给亲朋好友的19封信。暖黄的阅读灯呈圆柱状，照着它陈旧的书页，就像花瓶中的向日葵，照着深夜绘画的梵高，在暗夜里铺出一地金色，柔和又峥嵘。

沉浸式阅读是一个心灵对另一个心灵的探问，在无声中碰撞、对话、交流。其中的书信日记，则是最佳读本。年少时读过的著名书信集，《奥威尔书信集》《李希霍芬男爵书信集》《穆佐书简》《川端康成三岛由纪夫往来书简》《海明威书信集》《乔伊斯书信集》《夏洛蒂勃朗特书信》《马拉美与莫里索书信集》《里尔克书信集》《卡夫卡书信日记选》，跟着家一路辗转，多次搬迁，一直深藏在书橱深处。

柔韧绵长的书信都是上等的散文。

可以想到，在往昔那些漫长岁月里，雨夜，飘雪的下午，狂风的黄昏，写信的人在异乡,在驿站,在战场,在狱中,就着黯淡的烛光、油灯、炉火、战火，一笔一画在竹简上、丝帛上、羊皮纸上、宣纸上甚至是手绢上，写着思念、牵挂、问讯、叮嘱。

然后一丝不苟地火漆封印，摸了又摸，又再三看了封口，然后慎重交给邮差，随飞骑或马车绝尘而去。

信在路上，有风沙侵袭，有雨珠飘落，有小船晃着，有牛羊吃草低头间瞄着，三两个骑士跟在邮车后护着。

三月后，或更久的时间，蓬头垢面却面带微笑的邮差，叩响了某个木门。一个女子从打开的窗口探出身来,先倾听,后凝视,再狂奔下楼，开门，对着送信的人千恩万谢，颤抖着手指拆开火漆封口，悲欣交集地泪流。

一想到这些场景，不管读书的夜有多暗，心就会瞬间暖得亮起来。

偶尔也会从书页中走出来，目光在机舱的四下里悄然一巡。

各种或轻或重的鼾声、呼吸声，男的、女的、老的、少的。站起来看一眼前面，机舱里所有人都似乎睡了，或者正迷蒙在睡去的摇摆上。

只有我还像个守夜人，孤独却温暖地守着机舱外的星光，眼前闪过白天的太阳，太阳下的咖啡馆，路边的遮阳伞，或者异乡旷野里的麦田、树林，和我一起出行的人，多年来已经在心里落了款烙了印的那些人，以及诸多让我感到温暖的东西。

就这样，飘飘悠悠地，缓缓驶入安然的心的青草湖，或者森林地。

知道机舱外的头顶，是星空，是浩瀚无垠。脚下，是云层，是大地。有无数的生命，甚至星系，在这个飞行的暗夜里死去，或诞生，悄然无息，如同雪落于水。

喜欢这样深夜一个人在，一个人读书，一个人喝茶，一个人写字，一个人听秒针滴滴答答在耳边走过。

最好的时光，就是在这样的暗夜里寂然行走，就像世上最好的文字也这样在暗夜里行走，走向那些懂它的人。

隔着过道，看到同一排旁边的那个老人也睡着了。眼袋低垂，鼓鼓地凸现在毫无生气的脸上。

想起他白天里几次说起，自己退休前如何如何有面子，如何如何有能力，如何如何一呼百应。就那么声音很大地说着，洋洋得意。

有位子的人，退休之后更易见其精神的有无。因为位子没了，位子带来的威风一点点减弱以至于无，气势就没了，一切附加的光晕没了，只剩下无风无骨老人的本色——目光浑浊，怪异执拗，或沉迷怀旧，或软弱伤感。

如果没有一点内在定力作支撑，就会颓然而败，如废弃的砖瓦结构旧厂房，墙歪檐斜，窗破椽损，门前阶下长满了荒草，就等着一场暴风雪来把自己收了去。

昏昏欲睡的老人，睡着的老人，去掉了最后一点掩饰，愈发显老。

何必要求自己长生不老？真正的活着，就是时时刻刻都能看到动静行止及远近事物存在的意义。

但绝大多数人都是有时肉身分离，有时精神幻灭，自少年时就不知不觉地殊途同归——半颓残垣，风烛残年。

一些人在我们的生命中出现，次第经历着三个阶段：重要，重要过，不重要。我们在别人的生命里，也一样：重要，重要过，不重要。

岁月，就是一个行走的路线图。蓦然回首，有人在灯火阑珊处，有人在灰飞烟灭处。就像有人烟灭在大学里，有人烟灭在婚姻里，有人烟灭在退休里。

心无旁骛地专注读书、默想，就是铁了心的安然，好比包裹里有个春天，一经打开，它就会跳出来。

想起有一次听骆玉明教授讲座，其中有几句话：有时人也可以安静下来，把琐碎事情琐碎烦扰放在身心之外。于是，那些在生活的事件中全然无意义的东西，诸如草叶的摇动、小鸟的鸣唱，忽然都别有韵味。你在一个渡口，却并不急着赶路，于是悠然空泊的渡舟忽然有了一种你从未发现的情趣。

在电脑上敲出这些飞行中随手记录的文字，此刻，书房空调的声音轻微而安。

窗外，凄冷。

明天，预报说明天可能有雨有雪，气温比今天更低。

可我知道凄冷黑暗的夜空上，有月光。虽然看不见，它也该快圆了。月亮的对面，是太阳，也正渐行渐近，春天不远了。

无论人怎样深爱月光，当春天的太阳跃出东方，照耀在草尖上，身体里总能拱出一支梵高的向日葵。

所有过往，皆为序章。

静静地，待明天，雪花扑衣。

04

“

书橱中11卷本的《莎士比亚全集》(人民文学出版社1978年4月版)，全套只50元，书页已经泛黄，是93级中文系学生毕业时送的礼物。

上一次沉心静气读莎翁，还是学生时代，因为选修了“莎士比亚研究”。工作后，只是偶尔闲来随手翻翻，就那么站在书橱边，一会儿，半个时辰。自从兼职行政杂务，疲于奔命，再也没动过。屈指数来，不读莎士比亚已经20年。

很多年前，有一次看钱穆先生讲座视频，老先生的几句话镌刻在心，大意是：闲来读书一事，持续不断，持之以恒，循此以往，自然人生境界都会高，人生情味都会厚。人人如此，社会也自成为一好社会。

”

只要有
一支烛光在

文字是伟大的，可以使人生的苍凉和温馨一览无遗。文字也是渺小的，有时只是悲怆至极时的一声低吟。

假日闭门不出，辟出一方寂静，重读莎士比亚。

深夜灯下看莎翁，不时有拍案叫绝的冲动：

> 黑夜无论怎样悠长，白昼总会到来。（《麦克白》）
>
> 疯子带瞎子走路，这就是这个时代的病态。（《李尔王》）
>
> 以不义开始的事情，必须用罪恶使它巩固。（《麦克白》）
>
> 天地之间有许多事情，是你的睿智所无法想象的。（《哈姆雷特》）
>
> 逆境和厄运自有妙处。（《皆大欢喜》）
>
> 经过磨难的好事，会显得分外甘甜。（《鲁克丽丝受辱记》）
>
> 一见惊心，魂魄无主；如影而来，如影而去。（《麦克白》）
>
> 上天生下我们，是要把我们当作火炬，不是照亮自己，而是普照世界；因为我们的德行倘不能推及他人，那就等于没有一样。（《一报还一报》）
>
> 人生不过是一个行走的影子，一个在舞台上指手画脚的伶人，在登场片刻，就在无声无息中悄然地退下；它就是一个由白痴所讲的故事，那是充满了喧哗和骚动，却是找不出一点意义。（《麦克白》）

世界是一个舞台，所有的男男女女不过是一些演员，他们都有下场的时候，也都有上场的时候。一个人的一生中扮演着好几个角色。（《皆大欢喜》）

简洁是智慧的灵魂，冗长是肤浅的藻饰。（《哈姆雷特》）

爱所有人，信任少数人，不负任何人。（《皆大欢喜》）

记起当年在西安读书，有一次夜读莎士比亚，正逢外面鹅毛大雪，下了整整一夜。第二天清晨，几个南方同学就相约着，骑车去了西安南郊。

那日，脚下无人踩过的新雪松松软软的。天寒地冻，雪深路滑，一路上每人都摔倒好几次。到了一处旷野，都扔了车子，像孩子一样大呼乱叫。脚下的雪走上去嘎吱嘎吱响，视野所及，几无人迹。偶有一辆汽车，从远处的公路缓缓驶过。

风很大，一阵阵吹来，滑过空中的密密匝匝电线，留下悠扬绵长的泛音，像看不见的柔软手指，奏响巴赫 G 弦上的咏叹调。

风过身边稀稀落落的老槐树、老榆树，枯枝上有积雪簌簌落下，撒在我们的肩头、头顶、脖子里，引得一串串大叫，夹杂着冰凉入颈的受惊和欢喜。

那一刻，只觉得几个人正行走在玉洁冰清的世外桃源，与世隔绝，忘记了寒冷的逼迫。

而后忽然风雪骤起，强风裹挟着鹅毛片打得人睁不开眼。几个人连忙推着自行车，跌跌撞撞奔向左前方一个不大的塬。之前的秋天，我们一起去过，知道那儿有一个废弃的窑洞，先去那里躲过这场暴风雪再回学校。

大风雪吹得人歪歪斜斜，举步维艰，待走到窑洞，皆已汗湿内衣衫。看到窑洞里有什么人留下的一堆木柴，同行的 L 不禁大乐："你们想不到吧，我带了这个来！"

他竟然从包里掏出一个白色搪瓷缸来："陆放翁写过一句'竹笕引泉滋药垄，风炉篝火试茶杯'，咱们就融雪为水，试试这新茶杯。"

支石为灶，拂石为凳，喝着滚烫的雪水，我们几个求学古代文学的年轻人，说起了春秋战国——

那时天下百家争鸣，儒、墨、法、兵、纵横等各家尽逞其能，是中华历史上最有创造力的时节。待其后，秦始皇焚天下书，汉武帝罢黜百家，独尊儒术，哪里容得下独立思想存在。

读书期间的大部分时间，都浸泡在图书馆阅览室里。

在记忆深处，学校的图书馆是宫殿模样，屋宇恢宏，庄严肃穆。每一次沿着石头砌就的台阶拾级而上，都像是朝圣，先恭敬了身心。每当跨过厚重的赭色门槛，轻轻进入一楼大厅，就有一股馥郁的书香迎面而来，让人禁不住挺胸一振。

那时学校还没有扩招，高大空旷的阅览室内，有很多空位子。一排排长桌，笃实古朴。一把把木椅，宽大舒适。一盏盏电灯，明亮高悬。

只要是晴日，日升东方和日斜黄昏，太阳都会从高大古朴的雕花木窗，洒到青砖地板上，绘出柔美通透的花纹。静谧，温暖，就是一种“夜夜燃灯旦旦香，修行老尚堕微茫”的熏陶，浸润。

读书的妙处，不只是要获得知识，让人在求知欲的满足中身心愉悦，也不只是为了强化理性思辨和思考能力。最重要的，是让人常常惊醒，或反思，或忏悔；或驻足，或奋起；或泪流满面，或默默守望；或悲哀之至，或欣喜若狂。

那些令人钟情的文字，可以不断唤醒我们的灵魂，于无声处。

一直坚信，我们的纷纭世界之外，还有一个理想世界。它是文字艺术的，是精神的，是心灵的，它是一个亘古绵长的“一”。

这个“一”，是阿拉伯数字的最小整数，是计算机储存的基本单位，是音乐一个基本音级，是绘画书法的一笔，是一个筹码，是惟初太始，是道立于一，是造分天地、化成万物，是专是纯，是一心一境。

有了这个“一”做铺垫，就可以在纷乱人世中寄托自己的灵魂。即便遭逢困厄，命运多舛，夙愿辽远，万事凋零，也能够在其中觅得一份和谐静穆，安身立命。

再黑暗的午夜，只要有一支烛光在，踯躅暗夜路途的旅人，就会燃起一缕希望，等待朝霞跃出东方。再雾霭弥漫的黄昏，只要一盏明灯在，就可以安坐小船，静待清晓莅临。

于假日幽夜中读莎士比亚，是一种幸福，就像在驿站看云，等待回家。

05

“

读索甲仁波切的《西藏生死书》（浙江大学出版社 2011 年 4 月版），是因为有一天在好友白帆的朋友圈看到了这本书。在它的扉页上，写着这样的话：“谨以本书献给活着、正在面临死亡或已经去世的一切众生。目前正在度过临终过程的众生，愿他们的死亡安详、无痛苦、无恐惧。目前正在转世和正在这一世挣扎的众生，愿他们获得诸佛加持力的滋润，愿他们得遇佛法，愿他们实践智慧之道。愿他们的生命快乐、有成果，而没有烦恼。愿本书所有读者能够获得丰富而无止尽的利益，愿这些教法转化他们的心。”

”

世间
所有的相遇

时光无情，总会在一点点删除生活中的细节。无论是何种缘起，经历过的人、物、事，都是共同的结局，都会成为记忆中的过往，在我们的思河里奔流而去。

岁月，永远不会以固体的形状镌刻成印章，留存在哪一个不破的抽屉里。

可是，尽管很多外在的样貌，看上去草草匆匆，斑驳凌乱，却总有些留存，会在明明灭灭的细碎影光中，提示我们曾经幸运走过。睡莲在开，柳叶轻陨，往事掠过，追忆尚美。

这个早秋的上午，天高气爽，花淡云轻。静静待在书房的凉凉空调下，整理看《西藏生死书》时随手记录的文字，整理暑假欧洲行、腾冲行拍下的风光和人。

习惯了，记下每一个去过的地方，以照片、文字。否则，风起落花，残月无痕，在忽速飞逝，行将老去的日子里，如何在褴褛的记忆中搜寻到今天的状态呢？那些有过交集的人，触动魂神的云霓风景。

与每一本书相遇，也都是有机缘的，都是因缘际会。

有个周五在办公室，午间喝茶，看朋友圈。忽然看到北京的好友小白发了新消息，说他目前正在看《西藏生死书》。

他是居士，是个如清秋一般的人。

书拿到手之后，开始慢读，记笔记，细细品味。其中的一些点拨让人醍醐灌顶：

> 明天或来世何者先到，我们不会知道。
>
> 人类一辈子在准备，准备，准备，只是对下一辈子没做准备。
>
> 我们最深的恐惧，就好像龙，护卫着我们内心最深处的珍宝。
>
> 如果心不造作，就是自然喜悦，这就好像水如果不加搅动，本性是透明清澈的。
>
> 世界再也受不了我们：得到又花掉，我们糟蹋了我们的力量。
>
> 如果在死亡的那一刻，我们还不知道自己是谁，那么我们学到了些什么？
>
> 人们是以自己的方式过活，怎么活就怎么死。
>
> 你最受苦的时刻，可能变成你最开放的时刻，而你最脆弱的地方，可能蕴藏着你最大的力量。

有喜欢读书的朋友，有朋友推荐好书，感觉真好。

每个人其实都是精神上的独行侠，没有永在的心灵兄弟。

看上去一路坚韧静好的，也许一路怅惘，落拓不羁，尘生碎念，棱角鲜明。

一些人老了，累了，退到寂寂里，将骨子里的悲凉，在花草之间演绎出满腔热情，吟风弄月，煮茶种草，论道参禅，读经诵典，远观近讽，像是依然旺盛的模样。

以时间为边，以空间为界，这世界多么玄妙。大到你怎么努力，都达不到尽头，但也会小到你怎么闪躲，都逃不出命运的掌心。伴随而生些许思想、观念、情感的小烟霭、小栏杆、小花影、小波澜，也都是在以一种言说在发声：漠视那些应漠视的，珍视那些该珍视的。

生活中许多行走在路的人，常常都是在一幅两幅图片里，一本两本旧书里，一段两段文字里：我们也曾经子衿青青，飘渺朗逸过。所向往的总在彼岸，天远地隔，只要内心洁素，就会奔过去与之相接。水流花谢，均非无情，而是无求，所以轻快欢愉，就像人与人青春年少时的情谊，未曾掺杂了世俗。一切皆为本初花事，未竟荼蘼，此番过往，溪泉般好，暗自流香。

人与人，人与物，人与书，人与自己，最好的相逢，不只是一个确指的单一角色，而是亦师亦友，亦亲亦陌，亦远亦近。旅途上所见的人，所见到的惊心、静心、净心、敬心的山水古迹，以及白鹤亮翅一般闪现的情怀波澜，都少不得让我们或肃然起敬，或敬重有加，或小有投契，忘却内外，脉脉含蓄。

在劳碌琐碎的上班下班，在锅碗瓢盆间隙里时常出行，读书，晨昏相继，风雨初听，远远走去，在充分保有自我的同时，尊享世界的各种好和不好。天地之状，我们的心犹见，但无法全见；人神之意，我们的心可知，但无法全知。古往今来的地理人文，异域他乡的风霜白露，就如一种香，朦胧隐约，缓缓弥散，漫成一种生命的气氛。

山中晚闲情，桃园晓念春。

世间所有的相遇，都是恩泽一场。

06

“

20 世纪末，我故乡的安徽文艺出版社出了李泽厚的一本书，叫《世纪新梦》(1998 年 10 月版)，很让我着迷了一阵子，阅读时做了大量笔记。比如第 47 页：“由于中国历史传统并未死去，它依旧活在中国人的心底，积淀为中国人的文化心理结构的一个部分，而在未来的世界中具有意义、发挥作用。”

每次翻阅它，都会重读后记里的那段话，深刻，悠远，蕴藉：“本书 1995 年 4 月交稿，96 年 2 月作后记。清样早排出而未克印行，乃增补近年长短文数篇，可惜由‘复制人’而将引发哲学危机的思索(如何理解‘自我’‘生死’‘不朽’……它们均非‘身’或先验、普遍的‘心’)，无法补入。集中最后一篇对谈，承一位朋友好意选入，但因故多有删节。其他少数对谈、文章也有类似情况。经济振兴而文难不已，也许这就是中国现代化之路所必须付出之代价？子曰：如之何，如之何。禅喝：不可说，不可说。”

”

有时候，
人会孤立在时间之外

有些时候，人会孤立在时间之外，在自己的世外桃源，或自己的无边荒野——在过去之外，在未来之外，在当下之外。

这时候的人，有自在的舒服，有适度的清醒、适度的悲哀、适度的温润、适度的伤怀。

就像初雪时节，看一片片雪花落地，大路小路、高树丛林、石头旷野，一点点白起来。

又像是早秋傍晚，一个人在古墙下，谛听绿色的爬墙虎，一毫米一毫米沿着古砖缝隙攀缘而前。

明月在天。大江东去。

一些心底模糊的东西，会在此境况下一点点清晰，如同浸透清水的扎染蓝花布，白的白了，蓝的蓝了。有原始的朴实浑厚，水墨韵味的神奇，又有当下的变幻流动，天地人神俱在的澄明。

有些事情，会在按部就班的日常里突然降临，好事、坏事、不好不坏的事。

那一瞬，会因毫无防备，而懵懂发呆，犹如正在午间休息吃点心的演员，冷不防被舞台设计师错打出的强烈灯光，一下子照着，愣了几秒，猛然间失去状态。

此时最需要的，是轻轻闭上眼睛，静静感受一会儿，然后再继续之后的事情。

只要不是世界末日，就不必手足无措。
但，有些感动与震撼，则贵在短暂。

欧美电影中，那种电光石火般喷涌而出、令人窒息的情深拥抱，身心俱合的拥抱。当下网上记录的、随手抓拍的，那些陌生人瞬间出手救人的视频场景，即如是。

不管不顾的、只此而靡它的、万里奔赴的、劫后余生的、一别无期的相聚或告别，以及刹那之间就可能救人一命的、化险为夷的、长风破浪的、瞬间的相助。

它们之所以散发醉酒的微醺，是因为那出于本能之善的一瞬，无法延长。

长过一分钟的拥抱，就失了醉人的芬芳，带上了分心和走神；长过三秒的考虑是否出手救人，就带上了畏惧和犹豫。

大学同学群里最多的文字，是怀旧。喜欢静静看，极少发言。

看日渐老去的同学回忆过去，童年的，少年的，大学期间的，毕业后相聚的，稀里哗啦大笑的，畅快淋漓醉酒的，悄然潸然落泪的，那些仅一句话，就足以把人打回原形的文字。

人的各类情感，对于记忆太重要了。每一个回望的深情，一如蘸了清水的白色柔棉，一遍遍擦拭在落满尘埃的过去镜子上，逐渐让人清晰起来，现出喜怒哀乐，亦人，亦神，亦鬼，亦兽，各个侧面。

随之俱浓的，是那一份份温馨被滋润了。作为往昔的目击者，一群人互相见证了对方的种种真实，也互相成为镜子。别人是我们的镜子和记忆，我们也是别人的镜子和记忆。

所有的回忆文字，都在一次次擦亮共有的镜子，各自的镜子。

大学四年，不只是一段时光，更是一个无形的场。如果拿颜色来比方，则其明亮的一面，是春日里紫罗兰的淡紫色；其暗淡的一面，则是有云夜晚的月下灰。

谁真的可以不需要别人呢？谁真的可以没有别人呢？幸福与欢乐，悲伤与痛苦，都需要别人才能成就。

而悲伤与痛苦，之所以让人频频回首，是不是因为它是幸福与欢乐的另一种模样？

天堂的门再窄，也需要有人和我们一起，手拉手挤进去，一起待在那里，才成为天堂。

一向不起誓，也不要别人起誓。

《马太福音》里记录过，耶稣反对起誓。

起誓是一种承诺、一种保证，对别人。
耶稣为何反对起誓？

是耶稣太了解人性了，平常境况下谁会起誓呢，非正常情感之下的起誓，总带着迷雾和混沌。

人，有起誓，就有背誓。世界誓言不断，背誓也不断。
但见古今中外的誓坛之上，集散多少芸芸众生。

也看别人点头，也听别人誓言。但看了就看了，听了就听了，只在那一刻欣然快然。过后，就当一片云烟，让它随风飘散。

只静静做，静静走。尽心，尽力。安然，寂然，淡然。
人，常常回首留恋的地方，大多是当时年少坦荡青春飞扬的地方。

人生苦短，选择了一个方向，就义无反顾向前走，不需要、也没闲暇去关注路边的指手画脚。

大多数的指手画脚，不是源于你违背了什么公共准则，而是你没有像他们要求你做的那样，去做，去走。

短短几十年，只要一直在努力，走自己选定的自立自强路，目不斜视，就足够了。

每个人的生命深处，都潜藏着一只山鹰，时时要想冲破平淡低矮的山川，飞到无际天空，飞到辽阔海水上面去，找到一抹亮色安营扎寨，作为自己的皈依。

山一程，水一程，就是这样在世间走，一直走到天尽头。

不勉为，不强求，顺其自然来去，任岁月漫过年龄的河堤，安静在台下，看别人轰轰烈烈的戏剧冲突，怡然欣然。

人生一场，一樽别后，也许再无短长亭。该信马旷野的时候，就悠然登程。该轻泛平湖的时候，就缓缓挂帆，只需记取归来路。

岁月里，总有一些时候，明月在天，大江东去。

清明一过，我所在的江南，已是青山隐隐水迢迢，碧草连天。

二十四桥仍在，淡月无声。

07

“

很久以前，作家余杰在一次访谈中，说起王小波写给李银河的那些情书，“如果我遇见王小波，我会告诉他：你写得最好的东西不是小说，而是你写给妻子的那些信。”

我手头的《爱你就像爱生命》，是湖南文艺出版社 2017 年 7 月版。书中收录的，除了王小波和李银河的“两地书”，还有李银河怀念王小波的三篇文章，以及促成二人相恋的作品《绿毛水怪》。真是一部感人至深的爱情绝唱。

”

你是我的军旗

无论是怎样的黑夜，在怎样简陋的地方，只要有一盏灯，都会因为读书，有一种无法言传的美好。

《爱你就像爱生命》的扉页上，是王小波令人震撼，又极平常的一句话：“不管我本人多么平庸，我总觉得对你的爱很美。”

恋爱中的人都是诗人，更何况王小波十二分率真坦诚，孩子气。这些书信呈现的王小波，就是一个做错了事，而不知所措的孩子，一个永远长不大，却又努力使自己变好的孩子，浪漫又可爱。

也许喜欢上一个人的时候，每个人都会这样吧。爱一个人，就会想要为了他（她），让自己变得更好。

大凡人与人之间灵性的爱，都是欠缺感、异质感、同构感的产物，是追求升华、追求超越、涅槃自我的不自觉呈现。

而日常生活中，大多数人所说的爱，不过是被爱，索爱，是单向的。彼此之间，极少建立过灵魂的对接感、链接感。

《创世纪》里上帝说:“那人独居不好,我要为他造一个配偶帮助他。”“帮助”的意思,更指向于精神。

岁月里,最好的伙伴,也许不是那个给你扫地洗衣的,做饭带孩子的,买菜购物的。而是心灵陪伴者、心声倾听者、共同成长者。是生死可托,灾难可依的亲密朋友,是可以拓展其路,削尽繁冗,激励自己不断登高的同行者。

孤独是永久的。大地不灭,人类的孤独不灭。

相恋、相伴、相知,能如王小波和李银河,算是有福了。每次读王小波写给李银河的信,都会感受到那种深情又俏皮的暖。如同天寒地冻的冬天在外面走,有滚热的手炉握在手心。有些句子把人的心都融化了:

> 祝你今天愉快,你明天的愉快留着我明天再祝。
>
> 你一来,我就决心正经地,不是马虎地活下去,哪怕要费心费力,哪怕要我去牺牲呢。
>
> 当我跨过沉沦的一切,向着永恒开战的时候,你是我的军旗。

而他另一些直面现实生活境遇的文字,则天马行空,想象力穿透力惊人:

> 傍晚时分,坐在屋檐下,看着天慢慢地黑下去,心里寂寞而凄凉,感到自己的生命被剥夺了。(《沉默的大多数》)
>
> 那一天我二十一岁,在我一生的黄金时代。我有好多奢望。我想爱,想吃,还想在一瞬间变成天上半明半暗的云。后来我才知道,生活就是个缓慢受锤的过程…… 可是我过二十一岁生日时没有预见到这一点。我觉得自己会永远生猛下去,什么也锤不了我。(《黄金时代》)

似水流年是一个人所有的一切，只有这个东西才真正归你所有，其余的一切，都是片刻的欢娱和不幸，转眼间就已跑到那似水流年里去了。（《似水流年》）

深夜读书的感觉，就像自己是个守夜人，寂寥却温暖地守着窗外的星光，树梢的风响，草丛的虫鸣，泛黄的书香。

些许缥缈的美好，都会在心里落个款，烙个印，好像划着一只小船，缓缓驶入无人的青草湖，静静看白鹭起起落落。

能够经年的劳碌之后淡然而行，围着旧书和粗茶淡饭的日子，挖一条无形的小河环绕内心，就是靠着一炉木炭越冬了。

印在生命中的那些书，那些文字，有的是让人欣赏的，有的是让人流泪的，有的是让人欢笑的，有的是让人深思的，有的是让人反省的，有的是激发人潜能的，有的是让人醍醐灌顶、大彻大悟的。

08

“

1970 年生于香港的梁文道，是我喜欢的畅销书作家之一。他 1988 年开始撰写艺评、文化及时事评论，也曾为《南方周末》及《南方都市报》等中国内地、香港及马来西亚十余份报纸杂志写专栏文章。他已经出版的书，读起来最入心的，是《我执》（广西师范大学出版社 2009 年版）。作为一本散文随笔集，该书以香港《成报》文采版专栏“秘学笔记”的文字为主，谈及爱情婚姻、日常生活、疾病经历、信仰感悟、城市文化、文学艺术、历史记忆等，是了解他个人生活体验与人生感受的一个窗口。文笔清新，自然，淡雅，简约，能在细腻入微的叙述中给人以哲理启迪。

”

大梦谁先觉

这几天，正读《我执》，有一些段落和句子让人深思，就像是初冬时节走在森林里，忽然发现一方碧塘，清澈见底又有凛冽之气：

> 故事，故去之事。天宝物华，盛世遗风，痕迹全留在一盏灯一管笔身上了，作者的责任就是把握这点前朝余留的幽暗微光，在未来的无尽黑暗里往回照出一点回忆的朦胧。
>
> 可是或许有那么一刻，我们会发现一个不能归类的人，甚至与理想的类型完全沾不上边，但他那点无法分类的东西却吸引住了自己。
>
> 可是我们就是喜欢回首来时路，以为自己原该变成另一个人；不一定比现在好，也不一定比现在坏，但总之是个不一样的人。
>
> 真正的作品是不表达什么也不沟通什么的。正如瓶中信，在完成的那一瞬间，就中断了和作者的关系，也中断了和读者的关系；存在，同时又消失在无始无终的海洋之中。
>
> 现代的寂寞并非句号，它永远都是一个问号。在这一小段抽离出来的绝对空白里面，你什么都不想，它也没有任何意蕴。所以比起一幅山水里的留白、音乐之中的休止、诗句之中的间断，它要纯粹得多虚无得多。
>
> …………

联想起这几天网上刷屏的一个新闻热点，不能不另有一番沉思：57岁的刘德华在演唱会上突然失声，然后对着台下观众痛哭流涕、鞠躬道歉。这时距离 2018 年到头还有 4 天。

他站在香港红馆舞台中央，巨大光环下，凄怆，无奈。就像自行车赛场上，突然掉了链子的选手；又像是一失足跌落赛道下面的滑板少年。

而此前，他连续 13 天开了 13 场演唱会。连续旋转 13 天的点钞机，也会瘫痪吧。再往前，1981 年出道的他，饰演影片 176 部，有 550 首左右的歌，平均每年 15 场的演唱会。

网友留言说："刘德华流泪腰斩演唱会，就像一个时代落幕的隐喻：不老偶像，也终于老了。"

常常，静立在世界边缘，看着这一纷繁道场，各色人等。

看里面的诸葛亮、司马懿、张飞、关羽、孙策、贾宝玉、柳湘莲、焦大、范进、匡超人，也看里面的西施、李易安、孟姜女、林黛玉、杜十娘、刘姥姥、林徽因。

看那些聪明的，伶俐的，投入的，尖锐的，怨愤的，默然的。宁可累死也不下场的，人家再说也劝不住的，自信得一塌糊涂的，一触碰就跳起来、气个半死的。

传说，从前有个行者，一路打马快走，日夜兼程，风雨无阻。过了黄河，过了长江。他的目的地，是横无际涯的南海。可是，刚过长江之后的第 7 天，他的马就跑死了。

"竟然能跑死马，这人晕头了！"路人纷纷指责。只有他的三两知己明白：从前他太穷了，到哪里都靠着两条腿，那个苦哇。所以一旦有了马，他就停不下来了。

江湖萍水，纵马八荒，聚散人间匆匆过客。

说到醒悟，太值得掂量了。人的精神灵魂不在同一个楼层，有的在高架上，有的在地面上，都是寂寞的。

只因这醒悟，左边是欲望，右边是洞穿，它只是个中间段。这个中间段，让它出彩的，是智慧和灵性，脱俗和瞭望。

智慧、灵性、脱俗、瞭望，这四样东西，有人有，有人无，有人高，有人低。有人琴棋书画，有人鸡毛狗兔。有人遍地欲望，灵魂常常缺席。

高人呢，深知那侯门深如海，明白啥是落花无言，人淡如菊；啥是平原秋色树，沙麓暮钟声；啥时该退场，退到郊野去。

每个人的感受能力是有限的。

但他山之石，可以攻玉，谁都可以在他人的轨迹里，得到借鉴，长养自我。

有的人，可以让这个世界最大程度进入他。有的人，一辈子都是世界是世界，他是他，各不相容。

最大量地感知这个红尘了，就可以懂得因果，不被过分的执拗羁绊。

懂得了，身上担负的东西，才有了轻重之别。然后，适时放下，舍去，转身，离开。

如此，江山万里，才能有清景无限处可以栖留，如同孔明所言：“大梦谁先觉，平生我自知。草堂春睡足，窗外日迟迟。”

第二章

残荷无盖，
唯有
努力擎雨

09

“

凡已经出版的木心的书，我都有。《素履之往》（广西师范大学出版社2010年11月版）是“理想国·木心作品”丛书系列中的一本。当时的出版推介语是这样写的：“总觉得诗意和哲理之类，是零碎的、断续的、明灭的。多有两万七千行的诗剧，峰峦重叠的逻辑著作，哥德、黑格尔写完了也不言累，予一念及此已累得茫无头绪。蒙田勿事体系，尼采戟指架构体系是不诚实——此二说令人莞尔。虽然，诚实亦大难，盖玩世各有玩法，唯恭，恭甚，庶几为玩家。吾从恭，澹荡追逐以至今日，否则又何必要文学。”

作者木心，1927年生，原籍浙江。上海美术专科学校毕业。1982年定居纽约。2006年返回乌镇。

”

一个人，简单而深刻

读木心的《素履之往》，忍不住一次次拍案叫绝，那些如钻石颗粒一般晶莹剔透的美妙句子：

> 雨后总像有谁离去了。
> 最高的不是神，是命运。
> 母爱是一种忘我的自私。
> 凡是伟大的，都是叛逆的。
>
> 傲慢是天然的，谦逊只在人工。
> 恭闻一度是幸，日日敬聆是福。
> 有口蜜腹剑者，但也有口剑腹蜜者。
> 女人守口如瓶，然后把瓶交给别人。
>
> 容易钟情的人，是无酒量的贪杯者。
> 没有自我的人的自我感觉都特别良好。
> 所谓无底深渊，下去，也是前程万里。
> 爱情，人性的无数可能中的一小种可能。
> …………

把它放在枕边木几上，深夜睡前可以随手翻阅。

到了一定年龄才发现，年轻时竭力追求的那种辽远深刻，其实就是一种简单。

生活中有一种人，就像青色的橄榄，看上去有些生涩单薄，但是实际上非常经得起咀嚼，这就是简单而深刻。这类人身上常常有这样一些特征：

其一，做人纯净，处世的风格简单，不繁杂，不随俗，不同流，敢于坚持自己。

其二，思想深邃，纯洁而透明，可以迅速看穿问题的本质。其思想脉络，犹如夜空中的闪电，清晰可辨。

其三，淡泊名利，独立而纯粹，清心寡欲，富有同情心。不麻木，不世故，不僵化，做事又圆润自如。何时何地，都不会让身边的人尴尬、不舒服。

遇到这样的人时，我往往会奇怪，为何简单和深刻，会如此奇妙同时出现在同一个人身上？

他们有足够强大的精神世界，能够正视和承受人生的苦难。同时心灵依然单纯，对世界怀着赤子的热情。

这种人给人的感觉，就像一本深刻的书，总是让你能在浅显的文字之下，读出它的万千世界。如同秋天的一带远山，宁静淡远。你能感受到，他达到了心灵和精神的最高境界：丰盈多彩，气象万千。

世事繁杂，人情冷暖，生存的压力，生活的琐碎，以及信仰的缺失，让绝大多数人难逃心灵的陷阱——乱，空。而这些简单而深刻的人，却能做到不乱不空，宁静而充实，有一种超越的澄明。

一个人之所以能够简单而深刻，也许根本所在，就是他们总怀着一颗仁爱之心，一腔悲悯的情怀，热爱世界。在洞达世事人情时，能把自己的心灵之舟，牢牢地维系在那片纯洁的绿洲，让自己有所依傍。同时，又能保持责任心，思索人生，坚守一份精神。有一种对世界本质、对人生真谛的透彻认识，又能保持赤子的纯净淳朴。

这是一种对生活、对世界本质的坚信——相信痛苦的背后会有幸福，相信背叛的背后会有坚守，欺骗的背后会有善良，相信天地间、人世间，一直都有永恒不变的东西在支撑世界的运转。他会明白人生需要持守单纯，需要在历经艰辛和磨难后，站在一个高度上寻找简单，这是一个生存精神不断深化、不断提纯的过程。

总觉得，这种人的简单，实际上和他们的深刻相辅相成，是一种修炼，是一种跨越了幼稚和无知的纯净与真知。

一个人如果简单而深刻，不管他们的外表有多么平常，你都会通过其言谈举止，书稿文字，迅速从千万人中认出，珍藏在心底，在这个苍凉的世界和他们共舞。

10

“

读保罗·沃黑赫的《身份》(花城出版社 2018年8月版),是因为网上书店那句推荐语:“我们从未如此自由,我们从未感到如此无力。”

在人身上,存在着两种截然相反的行为倾向:一是讲求集体与分享,二是醉心个人主义与索取。究竟哪种行为倾向会占上风,取决于社会模式。对此,沃黑赫呼吁:摒弃我们几乎所有人身上的犬儒主义,改变价值观,提倡利他主义、合作和团结,帮助他人而得到的快乐,是缓解抑郁的良药。

”

穿过身份的烟霭

十九世纪英国著名的女作家夏洛蒂·勃朗特，她笔下那个著名的女子简爱，曾经激愤地说：

> 你以为我贫穷，相貌平平就没有感情吗？我向你起誓，如果上帝赋予我财富和美貌，我会让你难以离开我，就像我现在难以离开你一样。可上帝没有这样安排。但我们的精神是平等的。就如你我走过坟墓，平等地站在上帝面前。

每个人与生俱来存在的焦虑之一，就是身份的焦虑——我们对自己在这个世界中地位的一种担忧。

只要稍微留心，就会发现我们都有这方面的深刻体验：一个人身份的高低，决定了人情的冷暖。你平步青云，春风得意时，很多人对你笑脸相迎。而你江河日下，跌落低谷时，很多人恨不得马上离你而去，甚至是墙倒众人推，落井下石。

因此，身份成为一种看不见摸不着，却让人寝食难安的烦恼。身份低的，为提升自己，不惜头悬梁，锥刺股。身份高的，既要竭力保持自己现有的地位，唯恐失去，又要想着更上一层楼，走到更高层去。

社会心理学家揭示身份焦虑，认为其背后深刻的原因是：人苛求显赫的身份，是为了赢得更多的“爱”，即：来自家庭、两性、社会三大层面，人们对你的关注、倾听、宽宥、照顾，让你有沐浴在爱河中的温暖感。

而设定我们身份的，不是我们自己，是社会。世俗社会，通常用来衡量一个人有无身份的几大标尺，是你拥有的金钱、职业、权势有多少，而非你的灵魂。

自从步入所谓的文明社会，人就如风之不得不吹，水之不得不流，被别人设定身份，也设定别人的身份，人人皆受设定和被设定之苦。

我们十年寒窗苦读，我们几十年置身江湖，我们一辈子汲汲索求，都是为了一个目标——要成为有身份的人！

我们被不断提醒，也不断提醒别人：注意你的身份！似乎人人都在被人耳提面命，也在耳提面命别人：别丢了你的身份！

在身份的笼子里，我们悲哀嘶鸣，左冲右突，头破血流，伤筋断骨，精神萎地，魂不附体。

身份的达摩克利斯之剑，一辈子都在头上高举。为此，人变得越来越贪婪，越来越势利。过度对自己提出期望，也过度对别人提出期望。拿刀子不断切割自己，也不断切割别人。以至于很多时候，我们看上去都面目可憎，把全世界看作敌人；又面目可怜，仿佛被世界抛弃。

张爱玲曾满怀苍凉感叹：“有几个女人是因为她的灵魂之美而被爱上的？”

反过来也一样，在这样的当下，越来越物质化，爱情和婚姻越来越趋于双边贸易化，有几个穷困潦倒的男人，是因为他的灵魂之美而被爱上的？

一个自然、原色的人，之所以成为他自己，成为独一无二的一个，不是由于获取了什么样的身份，而是他的灵魂——他的生命存在感，他的精神、思想，他的人格、良心，他的童年与成年，他的追求与梦想，他的虚妄与徘徊，他的悲观与感伤，他的苦闷与热切，他的激情与坚韧。

在跨越时空阻隔的状态下，传达这些超越物质，超越功利的路径之一，是文字，是语言。

德国哲学家海德格尔和洪堡，曾经分别如此强调语言之于人之精神与灵魂的重要性："语言是存在的家园。""语言不只伴随着精神的发展，而且完全占取了精神的位置。"

德国诗人盖奥尔格亦云："语言破碎处，万物不复存。"

就像日常生活中，我喜欢静静在人群背后，或在一个个圈子之外，透过人的外表、头衔、职业、地位以及行为，注视一个个灵魂一样，试图穿过别人身份的烟霭，在性别、地位、职业、头衔等身份标识下，辨识他们的灵魂。

对诸多文学艺术作品，我喜欢通过那些类似于个人独白的记录，那些已经发出，或者尚未发出的信，看到作者在一个个夜阑人静时，是如何寻找自己的。进而，寻找他们已经失落，正在失落的自己，如何发掘，如何点醒更多的他们自己，被世俗尘埃遮蔽的他们自己。

至于这灵魂所属的作家、艺术家、文艺爱好者，在现实生活中是男是女，是老是少，是丑是俊，是俗不可耐，还是高雅超俗，是扫大街的，还是扫地雷的，是政府官员，还是一介草民，是衣衫褴褛，还是华服美饰，是卖茶叶蛋的，还是造原子弹的，都不重要。

11

“

《增广贤文》久负盛名，手头的这本是冯国超译注的，商务印书馆 2017 年 11 月版。源于明代的一本书叫《昔时贤文》，或《古今贤文》。

据说《昔时贤文》是当时人编写的儿童启蒙书，集结了中国从古到今的各种格言、谚语。而后，明、清两代文人不断增补，成为今天可见的《增广贤文》。实体书店、网上书店皆有售。看到很多家长津津乐道如何让幼小的孩子读这样的书，甚至为自己孩子能背诵其中的许多“精彩”句子，得意自豪，真的无语。

”

所谓中国式智慧

每每读到这样文字，就会顿生油滑感：“见人只说三分话，未可全抛一片心；话到嘴边留半句，事到临头让三分；饱经世故少开口，看破人情但点头。”

那些针对人与人相处，劝人要及时打住，要及时转身，要保持安全距离，要拿捏好处事处世分寸的所谓教诲，实在是荼毒灵魂！

中国式生活里，自古以来，就弥漫着悲哀虚无的情绪和人生态度。

千百年，一代人接着一代人，小心翼翼，战战兢兢，如履薄冰地活着，谨慎地守着规矩，不越雷池一步。

从能看懂人的脸色开始，就在潜移默化中学会何时止步，何时收手，如何掌握好分寸，拿捏好尺度。

这是因为，只有不失掉为人处事的分寸和规矩，才能在世俗中安身立命，顺达和谐，保持畅达得到世俗利益，且稳定持有。

世俗利益的算计，浇灭了人爱恨的火焰，封闭了酣畅淋漓的情感，让人始终保持循规蹈矩，带枷而行。循规蹈矩地结婚成家，生儿育女，成为“老实人”“好人”。即便偶尔脱离轨道一次，浪子一次，也会一觉醒来后改过自新。

记不得谁说过的了，中国缺少真正的浪子。浪子还没出发就已想家了，出门三步，赶紧骑驴折返。

岂不知，人生练达了，通晓世故了，也就缺少蛮野的鲜活了。沉稳了，也就暮气沉沉了。

浸淫在苍白、灰暗、乏味的日子里，痛苦也会偶尔噬咬内心，但马上会给自己塞上“知足常乐”的安慰奶嘴，很快又恢复平静了。

可是，身在乡国，心在何方？人的本性，是从不安心在一个地方，不安心终身只过一种生活。它永远渴望上路，渴望在路，渴望抗争，渴望做自己的王。还有一些人，渴望做他人的王，做世界的王。

而本真之人的爱恨，是爱之必欲至极致，当即吃进肚里才保稳。恨之亦必欲至极致，立即手刃那人才解气。迷恋之亦必欲至极致，马上安营扎寨才安心。

热爱，却有所遮掩；仇恨，却有所忌惮；迷恋，却只能回头看，是社会各类套子约束下的人。

于是，心，在来自古远的，来自当下的，来自他人的，来自社会的种种枷锁中，想突围而无胆，想破城而无量，欲深爱而不能，欲深恨而不敢。心，就只能紧锁柴扉久不开，零落成泥碾作尘。

老老少少、真真假假的诸等达人，不断自己妥协，也劝说别人妥协。自己退让，也劝说别人退让。自己隐忍，也劝说别人隐忍。自己割舍，也劝说别人割舍。

这些智慧，似乎真的能让我们有效避险，避免一次一次极有可能的自行车掉链子事故、鱼死网破事故、沉船事故。让我们现世安稳，安步当车，向着寿终正寝的日子，一点点趋近。

于是，在貌似亲和温柔，貌似海阔天空中，人人都成为一条无形锁链上的一环。除了“好好活着”“好好过日子”之外，看不到生存的视线里还有别的什么向度。每个人都成了人生旅途中负重前行的辎重兵、劳工，疲惫跋涉，不堪重负。

听不到铁骑突出，箭弦和鸣，银瓶乍破，水浆齐迸；看不到撞金伐鼓，旌旆逶迤。也不知何谓壮气三时作阵云，寒声一夜传刁斗；何谓蔚蓝天空下金色的麦浪，何谓立马黄沙高岗处望中原。

满眼所见，稀缺生命的恣肆和绚丽，惊鸿和电闪。日子似一潭死水，水面上泛着虚假的安适、安详涟漪。

最终，不约而同地，男女老少都成了这样的人：老是老滑头，小是小滑头，见人说人话，见鬼说鬼话，带着一箱子面具过一辈子。

那些让我们世代引以为自豪的生存智慧里，落满了多少秘而不宣的猥琐、卑屈、胆怯、病态，只有天知道。

12

“

高晓松的《如丧》（武汉出版社 2012 年 4 月版），副标题很吸引人——“我们终于老得可以谈谈未来”。第一部分是小说：以高晓松成长的青春时代为背景，展现高晓松、老狼、郑钧等一代人的文艺青春及属于那个年代的特殊氛围。第二部分是电影故事：全面收录了高晓松多年来创作的电影剧本原型故事。第三部分是杂文：高晓松的随笔散文，前后时间跨度颇大，记录成长、变老是件琐屑的事。第四部分是媒体专访：收录高晓松最袒露心声的两篇专访。随书附赠的，还有精心收录的高晓松歌词创作 29 首。

“四十岁前总想让全世界人都喜欢自己，又无端恐惧全世界人都鄙视自己。四十岁才发现，你喜欢的人喜欢你，你鄙视的人鄙视你，两不相欠，才是完美人生。”才子型的人撰文，会给人留下闪亮如露珠的情怀和生存态度。

”

残荷无盖，唯有努力擎雨

在记忆深处，20 世纪 80 年是我所经历过的最好年代，上大学，毕业工作，然后再去读书，都在那些年完成。

国家大事上，体育有中国女排三连冠，中国足球冲出亚洲。诗人则有鱼贯而出的舒婷、顾城、北岛、芒克、汪国真、海子、骆一禾、西川、戈麦等。顾城的“黑夜给了我黑色的眼睛，我却用它寻找光明”，北岛的“杯子碰到一起，都是梦破碎的声音”，至今想起仍然扣动心弦。

舞蹈界则有杨丽萍带着她的孔雀舞横空出世，迷醉了多少大街小巷。演艺界大片则有《城南旧事》《敦煌》《顽主》。散文随笔小说也名家辈出，三毛、史铁生、贾平凹。加上音乐界的崔健、窦唯、刘欢，给文艺青年带来无限欢愉和激情时空。

虽然再也回不去了，那个中国理想主义最热烈的时代，但那时的一切，都雪藏进了记忆深处，成了一个昔日梦。因为有这个梦，所以 2012 年高晓松的书《如丧》出来以后，赶紧买来看了。

名如其意。从书名到内容，主体都是 80 年代的青春痕迹，于心有戚戚焉。尤其是当读到高晓松的这段自我调侃：

如花美眷与似水流年揣进兜，
盘缠也有，
天还早，还能走。
还有几个朋友，
喝几杯酒，
不再为赋新诗强说愁……

读了一遍又读一遍，忍不住心领神会地笑——人一生，能有几个贴心贴肺的朋友，太重要了。

好友L每次从安徽来上海，除了少数时间是和她女儿、弟弟、妹妹聚一下，大多数时间她都是在我家呆着。

已经习惯了她这样——每次来上海，一下车不是去她亲人家，而是直奔我家，然后大半夜大半夜地闲聊，家事、朋友事、单位事、国事、天下事、人间事、生前死后事。

相识时，我们还是青涩女孩，她是个漂亮女兵，我刚大学毕业。这么多年来，一直铁杆。即便是相隔几千里，也从未疏远。

活到中年慢慢明白，一起走过几十载，风吹雨打波浪滔天都未走散的，大浪淘沙后依然还在的，差不多都是自己的同类，都是臭味相投的人，都是你对他好，他也对你好的人。区别是，有的是你对他好多一点，有的是他对你好多一点。

有的人对你好，是因为你就是另一个他，你们是同类，把你的大多数碎片捡起来拼一起，他看到了自己的样子。有的人对你好，是因为你对他好，不管这世界有多复杂，有多少种江湖行事规则，他只把世上的人分为两种：对他好的，对他不好的。谁对他好，他就对谁好。

而有的人对你好，不是因为你有多好，而是他懂得你的好。知道你是这个世界上的稀缺，清楚你的坚持，你的不易，你的特立独行，你的千里走单骑，明白你在人群中的唯一。

每次来，L 都会带来她精心为我设计的服饰。

因酷爱服装设计，她在工作之外，建了个小小服装设计室，为当地爱美的人，以及最好的朋友量身定做服饰，带艺术设计意味的。

那一次，当她知道月底我要去欧洲，立即说："那里冷，你的那些大衣都单薄，不行！"

然后她遍搜国内外时尚服饰网络，最后找到一套王菲当时一次夜间出行时的冬季靓装，不知是哪个机智的狗仔队抢拍下的。她照着样子且稍微更新，给我打造了一套大气冬装：大衣与羽绒服合一的外套，及膝裙，长围巾。全用最好的羊绒料子。衣裙依旧是我最喜欢，也最适合的黑色，围巾则是高贵沉稳的烟灰色。

看我试穿在身，她美丽的眼睛闪着成功的快乐："漂亮！这行头，你可以安然出现在巴黎最亮的地方。"

她喜欢王菲。她说王菲是当下难得的灵气女人，又感性又果敢。

友人之间，夫妻之间，情人之间，亲人之间，最好的状态，其实都是一个互相支持系统。

在这个系统里，你必须努力成为一个对别人温暖的人，物质上的，精神上的，能力上的，在现代丛林生活中，给别人以温馨。

成为对别人温暖的人，包含几个向度：你“想”给别人温暖，因为感情，因为担当。你“能”给别人温暖，你具备给别人温暖的能力。你“会”给别人温暖，你有那个智慧，知道何时该出手相助，如何帮助。

只因人生存在世，必须吃喝拉撒睡，有衣食住行所需。有所谓生理需求、安全需求、社交需求、尊重需求和自我实现需求，谁都有需要别人的时候。

而人性深处，谁也不愿意长期负重前行，拉着谁，搀着谁，拖着谁，养着谁。在保障自我之外，拖着沉重的后缀艰难向前。一时半时可以，一段时间可以，日子久了，谁都会疲惫，谁都会厌倦，谁都会痛苦，甚至会蔑视。

可能会因为你是他的父母、兄弟姐妹、丈夫或妻子、儿女，他出于责任和道义，默默无语，看起来任劳任怨，从未说出他的累、烦、倦、厌恶。没说出，不等于他没有，更不等于他心甘情愿。

且作为有欲有望的人，谁都要快乐，要轻松，要休憩身心，要自由自在，想一身轻松地活着，愉悦地活着。谁也都需要呵护、支持、帮衬、提携。如果你长期不能给别人这些方面的任何一点，却是一味从别人那里索取，累别人，烦别人，缠别人，拖别人。那么，人家厌倦你，离开你，遗弃你，是迟早的事。

有时候人家看起来一直没离开，一直还在，心却早就不在了。你看到的，只是那人的躯壳。

人呐，不管你是人家的朋友、爱人、兄弟姐妹，还是人家的孩子、父母，都必须上进。努力，奋进，勇敢，不断提升。成长，与时俱进，自立自强，自食其力，自行其道。同时在能力上、爱心上、灵魂上，成为对别人有温度的人。

如果你谁都帮不了——做家人，你不能做一碗热汤，等着晚归的人回家。做朋友，在对方需要的时候，你不能雪中送炭，也不能雨中送伞。做知己，你不能给对方点一盏灯，照亮两人一起携手夜行的路。做亲人，你不能激励帮衬任何一个远远近近的家族成员。做伴侣，你不能尽心，也没能力像对方爱你、疼你、助你、呵护你一样回报对方，那你一定是一个麻木不仁的人，不知感恩，不求上进，长期委顿，几近于自我残废的人。

假如有一天，你发现一直交好的朋友疏离你了，而那人又一直是奋发向上的。一直爱你的伴侣厌倦你了，而对方又是力主积极进取的。一直疼爱你的父母冷淡你了，而你萎靡不振有几年了。一直帮衬你的兄弟姐妹不理你了，而你浪迹游移吃闲饭有些日子了。那你，距离成为弃儿的日子就不远了。

当一个人不能给别人任何能量的时候，不能和别人进行一些能量交接的时候，谁也不乐意和你在一起。除非那人和你一样是个负能量者，你们在一起就是为了倾泻抱怨、不满、愤怒、坏情绪，像是全世界人都对不起你，都是你的敌人。发泄完毕，然后各自转身，再去过各自的发霉日子。

一辈子路很长，不管和谁，要想一起走，必须互相辅助着走。要互相辅助着走，你自己必须具备一定的体力、智力、心力、情感能力、灵魂能力。

要具备这些能力，你就不能不让真与善在你的精神深处修炼，让壮与力在你的行为上积淀，让灵与神在你的痛苦里呼吸。

残荷无盖，唯有努力擎雨。

13

“

苏曼殊（1884—1918）近代作家、诗人、翻译家。原名戬，字子谷，后改名玄瑛，曼殊是他的法号。

苏曼殊一生能诗擅画，通晓日文、英文、梵文，可谓多才多艺，在诗歌、小说等多种领域皆取得了很大的成绩。他的小说大多脍炙人口，多以恋爱悲剧为题材，缠绵悱恻，委婉动人，在心理描写和景物描写方面有许多独到之处。《断鸿零雁记》是他小说的代表之作。《苏曼殊作品精选》，（长江文艺出版社 2003 年 3 月版），汪树东等编，汇集了苏曼殊小说、散文、诗歌所有代表之作，是了解苏曼殊内心和精神的一个窗口。

”

断鸿零雁，残照光影

读《苏曼殊作品精选》，断断续续看了好多天，都是深夜安静时。

在此之前，记忆深刻的是，曾读过他的一本小说，叫《断鸿零雁记》，写于1912年，被誉为“民国初年第一部成功之作”。书中以第一人称写自己的故事，有飘零的身世、悲剧性的爱情，属于鸳鸯蝴蝶派作品。

这本作品精选中，有一篇叫《燕子龛随笔》，记录有一天，他在远离喧嚣的山寺中，北风甚烈，读放翁之“衣上征尘杂酒痕，远游无处不销魂”，泪痕满纸，令人心恻：

> “山斋饭罢浑无事，满钵擎来尽落花。”此境不足为外人道也。
>
> 余年十七，住虎山法云寺。小楼三楹，朝云推窗，暮雨卷帘，有泉，有茶，有笋，有芋。师傅居羊城，频遣师见馈余糖果、糕饼甚丰。嘱余端居静摄，毋事参方。后辞师东行，五载，师傅圆寂，师兄不审行脚何方，剩余东飘西荡，匆匆八年矣。偶与燕君言之，不觉泪下。
>
> 山寺中北风甚烈，读《放翁集》，泪痕满纸，令人心恻。最爱其“衣上征尘杂酒痕，远游无处不销魂。此身合是诗人未？细雨骑驴入剑门”一绝……

这世间有一种人，眼极冷，心肠却极热。眼冷，所以不管是非，尤其是小是小非。心肠热，所以又常常悲慨万端。面对人间艰难苦恨，悲悯至极致处，甚至会泪痕满纸，心恻不已。

但理智告诉这类人，所有的悲慨万端都是虚空，落在红尘里，没有实际用处。他们冷静地告诫自己：人生何必时俗喜，何必鬼神怜，但得一二快处，倾泻肝胆，发摅瑰奇亦足豪也。

可是虽知无用，却依然不能忘情，心底还是一直被热肠挂住。

于是，就那么悬着，苦着，痛着，冷眼看穿着。

每个人前行的沿途树林里，偶尔都会飘起一杆白旗。然后林子里窜出一只灰尾巴的松鼠，就像冷不丁冒出的投降念头。

很多时候，缴械认输这事儿弄好了，就叫陌上花开缓缓归矣。

有心杀敌无力回天的苍白，在上面涂上点灰色，那种迷人的永远灰，就叫放手。

心如止水，再无波澜地枯萎着，盖上脸，遮住眼，就叫淡然。

爱无止境，心还会时而隐痛，却懒得呼唤，懒得探班，就叫天涯各安。

伤痛久治不愈，结痂了还会流血，留下亲情友情恐惧症，却死不认证，就叫一个人的精彩。

打着灯笼上山，拎着一包胆战心惊、如履薄冰的害怕与祈愿，就叫一些人的烧香祈愿。

心无宕动，自然就风烟俱净了。静心想来，这世上总有些我们管不了的事，顾不到的人，说不出的话。

其实这样也是好的，尘归尘土归土，一切由它去吧。至于另一些人，只要有光，就向着光的地方走。

一味沉浸黑暗里的人，连影子都不愿跟随你。

你的朋友和圈子是什么样，主要看你是什么样。

你是什么样的水，就有什么样的云，在你的水面徘徊。你有什么样的气场，就有什么样的人，到你的场中来。

因为，人所愿望的，都是自己没有的，是一直缺失的。

人，被剥夺久了，就自然而然把自己当局外人了。被剥夺得太多之后，最想要的，只能在梦里获取，在文字里表达了。

文字，也是一种家园，是梦的栖息地。

日月循环无定止。春去秋来，多少荣枯事。

“野鹤无粮天地宽。”圆因法师之此言，与其说是生命的另一种绝处逢生，不如说是另一种生存状态的散淡旁逸。

如果在某个琥珀色的傍晚，此生的时光移到了尽头，不必挥手作别，不必收拾行囊，如同月影轻移而去，就像来时一样。

所有的落叶都将回到树上，而所有的树，都是我们的影像：

断鸿零雁，残照光影。

14

“

徐中玉是我最喜欢的名家，在众多苏轼诗文导读类书籍中，最钟爱的是他所著的《苏东坡文集导读》（中国国际广播出版社 2009 年 1 月版）。这本书是“国学大讲堂”的一个分册，注释详尽，导读简要，最适合放在手边常翻。

”

逝者如斯夫

一千年前的某个早春，苏轼在沙湖道上，与一场春雨不期而遇。因身边没有雨具，一行人淋得狼狈不堪。众人皆觉局促，唯有苏轼一边吟咏长啸，一边悠然行走。竹杖草鞋，身着蓑衣，任凭风吹雨打，迎着山头斜阳，且行而笑。

> 三月七日，沙湖道中遇雨。雨具先去，同行皆狼狈，余独不觉。已而遂晴，故作此词。
>
> 莫听穿林打叶声，何妨吟啸且徐行。竹杖芒鞋轻胜马，谁怕？一蓑烟雨任平生。
>
> 料峭春风吹酒醒，微冷，山头斜照却相迎。回首向来萧瑟处，归去，也无风雨也无晴。
>
> ——《定风波·莫听穿林打叶声》

作为一首记事抒怀的词，苏轼写在公元 1082 年（宋神宗元丰五年）之春。

此时，距离他因“乌台诗案”被贬为黄州（今湖北黄冈）作团练副使，已是第三个春天。

时间是药，可以疗愈内心的苦与痛。

走出被朝廷否定，也被很多亲友否定的苏轼，以他安然又不失俏皮的文字告诉我们，在毫无防备的情况下突然遇雨，无论是怎样奔跑避雨，都免不掉全身湿透。那就索性安然面对，静静地缓步雨中，享受雨中的别样风致好了。

大雨如此，人生中不期而遇的坎坷磨难亦如此。

每次默对这首词的时候，都会迅速安静下来。沉思默想的虚空时刻，可以心驰神飞，把全世界的事情浏览一遍。早到宇宙洪荒蒙昧时代，连同自己刚记事的蹒跚步履。迟至自己死去之时，将是怎样一副不堪。甚而，会想到死后无数年，这世界会不会还有苹果手机。

人活着，有温暖回忆的日子，多安详。那些给我留下那么多温暖的亲人、朋友、同事、同学，陪我走过一段段路的短途同道。没有那么多人次第出现在我的生命里，暖我，助我，护我，佑我，怜我，惜我，指点我，督促我，我不会是今天的模样。

而往昔一切的辛劳奔波，连续作战，听令，听差，尘满面，灰满颜，都是为了有一天，能够拥有这样的慢时光。

读书的时候，最能体会到独处的时光之妙，必须在历经喧嚣之后，经历纷繁的群处之后。有对比，才会凸显。

这是一种几近于让人黯然神伤的安静。

就像一直走在尘土飞扬的长路中，倦行者渴望关闭自我，停止飞翔，安栖于某个树枝。在长期应对来自四面八方的劳碌，应对接踵而至的繁琐后，那种与自我、与灵魂、与大千世界的交流，才最为平和安详。

独处，是一个私人化的盛大仪式，带有不可复制的私密性质。其意义远远大于国庆节、春节、圣诞节，以及家族与家庭的各种节日。

在那些日子里，在众声喧哗里，人不是自己，或不全是自己。只有一个人安宁独处时，才会接近最完整的自己。

特拉克尔曾这样唱道：

> 窗外雪花轻盈地拂扬，教堂晚祷的钟声沉鸣殷殷，
> 屋子早已打扫装饰完毕，迎宾桌上摆好了丰盛的筵席。
> 漫游着的人们，稀少的几个，从阴暗的道路上走到门前。
> 挺秀多姿的大树泛出一抹金黄，吮吸着消融在泥土里的寒露。
> 漫游者悄悄地迈进门口，痛苦已把门槛变成石头。
> 一片清澄耀眼的光明，与满桌的面包和红酒交相辉映。（《冬夜》）

雪花，晚钟，清洁的厅堂，门前的大树，桌上丰筵，房里光亮。诗人营造这样的氛围，以一种语言在徐徐言说：穿越漫长旅途，跨过一个又一个流浪的黑夜，在冬夜回家，不只是安居身体的家，也是安居灵魂的家。

家，尤其是心之家，是人生旅途的尽头，也是职场奔波的终点。

带着自得、自适、自安、自在、自娱、自乐意味，面对自我时，仿佛置身教堂，安宁接受上帝的洗礼。

在此之前，自己的种种顺逆、成败、得失、起伏、波折，此时都淡化了，远了。只剩下返身回望的欣喜流连，夹杂着昔日不再的黯然。有自信，

有自得，有因果，有感应，也有敬畏，自省。

此时的安宁，在一片静湖。湖上有船，在船上静坐，倾听笛声拂柳，殷殷钟鸣。

就像古代诗歌里的句子：渡口欲黄昏，归人争流喧。

黄昏时的渡口，飞湍激流，人声鼎沸。可是呢，总有人在此时，见雁思乡，闻猿念归，在众声喧哗中，默然无语。

也许，人在长期奔波忙碌后最想回的家，不只是房舍楼宇，或者茅草房的家，更是自己的心之家，安宁之地。

时间，是疗愈自我的最佳药剂。通达与顿悟，则是煎药的最好泉水。

遥想苏轼当时，正是被贬黄州后的第三年。三年，人生的沉浮，情感的忧乐，都会在时间流失和个人深思中，现出最明亮温暖的体悟，把人引入一种旷达超脱。

逝者如斯夫，不舍昼夜！

15

“

有一本书前后读了四遍：罗兰·米勒（Rowland S. Miller）的《亲密关系》（王伟平译、彭凯平审校，人民邮电出版社 2015 年 6 月版）。

比之前的版本，作者做了不少改动。该书汲取了社会心理学、沟通研究、家庭研究、认知心理学、发展心理学、演化心理学、社会学、传播学及家政学等学科的最新成果，研究实践和理论建构并重，学术标准与大众兴趣兼备。

作者采取了一种兼顾可读性与学术性的写作立场，既通俗易懂，让人轻松愉快；又科学权威，闪烁实证精神。行文逻辑上，由浅入深，娓娓道来——亲密关系的基础、活动形态、类型、矛盾和修复等。对于生活在当下，注重生活质量，注重自我心灵和幸福美好的人来说，是一本不可多得的好书。

”

精神血统相近的人

太深刻了，第三章关于“吸引力”的研究与探讨，认为人与人之间吸引力的产生，是因为他人的出现对我们有奖赏意义。

一直坚信，在这个人影攒动的天地之间，在穿越洪荒与现代的千万年长河里，每个人都会和另外一个人，或者某几个人之间，是有相同精神血统的，彼此之间有着惊人一致的精神关系。

谁都无法选择家族的血统遗传，它是我们的命中注定。在家族里，我们必须努力和这个群体中的人亲切相处，尽心尽力完成一个家族成员必须担负起的使命：殚精竭虑地尊老爱幼，矢志不渝地光宗耀祖，吃苦耐劳地绵延后代。

不管愿意不愿意，也不管有多无奈，我们都必须去做。

但同时，我们自己也可以率性而为，跟着感觉走，走遍天涯海角，上穷碧落下黄泉，去寻找精神血统相近的人。

然后，天涯变咫尺，在这个很有些冰冷的世界上，明白人与人精神相拥，相顾相携，患难与共。

有了这种感知，一个人的人生之旅就完全变了，不再感觉是孤独行走的一个人。

那些和我们精神血统相近的人，也许只是某个秋日夕阳下，走过我们身边的一个侧影。

或者是冬日大雪纷飞，火车站台上，我们目光中，走向远方的一个背影。

也许只是在我们情绪低谷时，适时送来一句温馨话的人。

或者是在惊慌失措时，对面投过来的一个爱怜眼神。

甚至可能只是一本书的作者，一句格言的智者，一个远古时代披荆斩棘的英雄。

但是这一切，却莫名其妙深深打动了我们。

在相遇的那一刻，就像宝玉初见林黛玉，会觉得这人似乎是在哪里见过的。

在彼此相处的时空里，无须任何言语，就能清晰感受到，我们和那样的人之间，是相互知道的。

如同无边暗夜，一起站在向远处延伸的站台上，有隆隆的火车正向前飞驰，全世界都睡着了，只有少数几个人的耳朵，听见了钢轨擦出的绝美音乐。

这种人的存在，成为我们守望温暖，相信温暖的一个理由。成为我们心灵中最柔软、也最坚定的一部分。

如潮的人海中，在绵延无尽的历史长河里，我们会了然一些人，是血液与气质都很相近的同类。

无论相隔多远，彼此都有一种懂得——懂得每个人在人群中的形单影只，懂得各自心灵在世界中的孤寂，懂得人生诸种难以言说的琐碎，以及夹杂在其中缥缈的幸福与华光。

当人与人感觉彼此精神血统相近时，可以看到西部苍茫草原上，惨淡落日时分，有一抹仁慈之光。

或是很久以前，一个让我们向往了无数遍，长满了紫藤蔓和紫色花的廊桥，在一个月明星稀的夜晚再现了。

或是年少岁月里，一个盼望已久的旅程，在大海边的码头上，一艘悄然等待的客船开来了。

凝视这份精神相似，能明确知道这个世界上，人与人之间，不只是有性别的相知相悦，还有一种更悠远广阔的，人性与灵魂相通的美好。如同空谷回声，如同滴水穿石，如同佛号吹响。

那种心灵的贴近与共振，让人感到，在这个无限辽远的宇宙里，在这个有来无回的旅程中，谁都不是一个人。

16

“

最先知道木心的《文学回忆录》，是好友张忆的推荐。

记得书是在王府井大街书店买的，《文学回忆录》（广西师范大学出版社 2013 年 1 月版）。站在书店的展台边打开书，一下子就被它的内容简介吸引住了：

文学是可爱的。生活是好玩的。艺术是要有所牺牲的。

八十年代末，木心客居纽约时期，亦自他恢复写作、持续出书以来，纽约对面的大陆和台湾同行在异国谋饭之中，居然促成木心开讲“世界文学史”，忽忽长达五年的一场“文学的远征”——从 1989 年 1 月 15 日开课，到 1994 年 1 月 9 日最后一课，每位听课人轮流提供自家客厅，在座者有画家、舞蹈家、史家、雕刻家等。

如今，听课学生陈丹青整理那五年五本听课笔记，共八十五讲，逾四十万字，结集这本大书时，已不再将之仅仅看作“世界文学史讲座”。诚如木心最早时所设想的那样，这是他自己的“文学回忆录”，是一部“荒诞小说”，“在自己的身上，克服这个时代”。

这也是木心留给世界的礼物，文学的福音书。

”

有陈丹青，木心足矣

第一次读木心《文学回忆录》，是在2013年初。那时我借调在教育部工作，远离上海工作圈子、生活圈子，少了很多纷扰，下班后可以静静读书，心无旁骛。

那时正值春天，办公楼窗外的两株海棠，开满了粉色花。从早到晚，都有鸟鸣啾啾，暗香盈袖。

每天黄昏，待同事们一一离开，整层楼都空了。门外的走廊，悠长澄明，如教堂的长廊。

在我心底，所谓文学大家，就是一只泡了多年香茗的紫砂壶，不管什么样的清水进去，倒出来的茶，都溢着清香。什么样的生活，经他的笔下流淌出，都是隽永的。

木心文字即是！

次年春天回到上海，在同样的四月，重读两大本的《文学回忆录》。

和第一次读它一样，那种轻触灵魂的触动，会时不时地跳出来。随手记录的读书笔记，整整一大本，几万字。

常常会因为几个、一行或一段青砖白墙般的文字，而骤然惊起。就像独自走在深夜下过雨的街道，对着一片汪起的雨水，一跃而起，心里涌满滂沱的快乐，或恣肆的忧伤。一瞬间，置身忘川，不知今夕何夕。

我们来到这个星球上，就是为了和相近的灵魂相遇——我们从一个奇妙的高处跌落下来，很久很久，一路上，缓缓降落。缓缓的过程，远远长过今生今世。就这样，一直在向着那些相似的灵魂，跌落，跌落。

那几年对陈丹青其人其事，有过一些了解。对其人、其行、其言、其思，也有诸多不敢苟同之处，但这绝不影响我对他的尊敬和激赏。放下他的绘画、他的文字不提，仅仅就他对木心的一片赤诚丹心，已足以让我感动，对他刮目相看。

20 多年前，他和众人邀请木心开讲文艺的原因之一，竟然是那时木心尚未售画，生活全赖稿费维持，常常困顿。他们是想借听课，交付一点点费用，让木心稍微多点收入。而当时的他们，也都是改革开放之后，最早一批出国的自费留学生，穷得要命，经常为下个月的衣食房租发愁。

五年跟着木心听课，陈丹青整整记录了五大本笔记。笔墨所及，尽量忠实木心讲课的每一句话，包括木心讲课中，那些率尔离题的大量妙语、趣谈。他甚至记下了几次课间休息师生的闲话，一次散课后，众人跟木心在公园漫步的天气，哪几个人，说的什么。

只要木心在讲话，他都在记。

木心讲课时的音容笑貌，神情顿挫，也时而记在他的本子上——

1989 年元月 15 日，课程开讲那天，木心浅色西装，笑盈盈坐在靠墙的沙发。

那一年木心 62 岁，鬓发尚未斑白，显得很年轻。

五年后，他们结束课程，举办了一个简单的结业派对。那一天，木心如五年前开课时那样，矜矜浅笑，像个远房老亲戚，安静坐着。

那年木心 67 岁了。

派对上木心发言的开头，是引瓦莱里的诗，脱口而出："你终于闪耀着了么？我旅途的终点。"

他记下，木心不止 10 次，在讲某句话戛然停顿，好几秒钟，呆呆看着他们那些听课的人——老人动了感情，竭力克制着，等自己平息。

他记下，讲课完结后的 1994 年早春，木心回到远别 12 年的大陆，前后 40 天。木心独自潜回乌镇，这让他魂牵梦绕的故园。此时，木心离开故乡近 50 年了。

他记下，2006 年 9 月，79 岁的木心辞别美国，告老还乡回国的场景：他陪着木心，扶木心坐上机场的轮椅，走向海关。泣不成声的黄秋虹，年逾花甲的章学林，跟在后面。

随后，他精心保存那五本听课笔记。这么多年，他几度搬家，五本听课笔记却一直跟着他，藏在不同寓所的书柜里。

2011 年 12 月，木心离世，他陪伴 84 岁的木心，走完最后的日子。

那之后，许多个深夜，他从柜子里取出五本笔记，摞在床头边。深宵临睡，一页一页读下去。有时发呆，出神，有时失声大笑，也有时一个人哭泣。恍然中，他会看见死去的木心躺在灵床上，看见 20 多年前，大家围着木心，听他讲课，听他说话。

为了赶在木心逝世周年之际，出版这套听课记录《文学回忆录》，他在长达半年时间里，亲自整理录入。寂静之夜，寥落黄昏，在纽约寓所的厨房，或北京东城的画室。

在逾四十万字的这套书中，他插入了自己拍下的诸多照片：木心寓所的名人画像，木心在纽约漫步的样子，木心讲课提到的一些民国名著的书影。甚至还有，木心家老屋的一段窗檽照片。

那段小小窗檽，是木心家族故园唯一的遗物。那是 1995 年秋天，陈丹青探访乌镇，在东栅财神湾孙家花园，从废旧的窗格上掰下来，飞越万里，带回纽约给木心的。木心对它珍爱有加，直到逝世，都把它放在自己的书桌上。

陈丹青这般，懂着，慰藉着，护佑着，一个孤老在异国的赤子……

对《文学回忆录》这套书，陈丹青说：

> 迄今，我没有读过一本文学史，除了听木心闲聊。若非年轻读者的恳求，这五册笔记不知几时才会翻出来。其实，每次瞧见这叠本子，我都会想：总有一天，我要让许多人读到。
>
> 我分明看着他说，他爱先秦典籍，只为诸子的文学才华；他以为今日所有伪君子身上，仍然活着孔丘；他想对他爱敬的尼采说：从哲学跑出来吧；他激赏拜伦、雪莱、海涅，却说他们其实不太会作诗；他说托尔斯泰可惜“头脑不行”，但讲到托翁坟头不设十字架，不设墓碑，忽而语音低弱了，颤声说：“伟大！”而谈及萨特的葬礼，木心脸色一正，

引尼采的话：唯有戏子才能唤起群众巨大的兴奋。

我真想知道，有谁，这样地评说文学家。我因此很想知道，其他国家，谁曾如此这般，讲过文学史——我多么盼望各国文学家都来听听木心如何说起他们。他们不知道，这个人，不断与他们对话、商量、发出诘问、处处辩难，又一再一再，赞美他们，以一个中国老人的狡黠而体恤，洞悉他们的隐衷，或者，说他们的坏话。真的，这本书，不是世界文学史，而是，那么多文学家，渐次围拢，照亮了那个照亮他们的人。

从 2006 年开始，是他开始在国内力推木心作品的出版，《哥伦比亚的倒影》《鱼丽之宴》《素履之往》等散文集一一和读者见面。也是他，帮助孤老一人的木心回国定居，回归朝思暮想的故土乌镇；也是他，多方奔走，在木心去世后，建成木心纪念馆，把木心的珍贵物品、作品、生活的痕迹、心灵的痕迹，悉数整理珍藏其中。

人间，竟有人，如此懂另一个人，如此知，如此惜，如此义！

有陈丹青，木心足矣。

17

"

2019 年 9 月，陈丹青的《张岪与木心》（中国美术学院出版社）在各大书店和网上平台发售。

自《文学回忆录》面世以来，凡木心的书全都买来读。那些书放在卧室的飘窗上，可以随手翻阅。不管多忙，多烦扰，一读他的文，人马上就安静下来。犹如蔷薇花盛开的四月，从篱笆上剪几支回家，插在瓶里，摆书桌上，听一曲《寂静山林》，整个人都沉醉了。

张岪是陈丹青的笔名。这本书回顾了 1982 年他和木心在纽约地铁相遇，此后亦师亦友，近三十年的历程。2011 年木心去世之后，陈丹青开始书写木心，八年过去，乃有此集。书中笔墨极尽写实，文字慎重恳切，为送别木心而写，也为读者带回了木心。

细致，深情，绵邈，辽远。在此之前，没有一个人能这样，亲切而体贴地叙说木心的个人生活世界。

"

陈丹青的苍苔，木心的屐痕

我忽然明白：要和这难弄的家伙不分离，只剩一条路，
就是，持续写他……我不想限制篇幅，不愿遗漏种种细节。这是木心以自己的
性命的完结，给我上最后一课。

在这本书的文字里，我看见了木心，看见了陈丹青。

一个人怎么可以这样影响另一个人呢？仅仅是怜惜和激赏，仅仅是师生深情？

不，重要的是才情宜人，是品格相近。你们俩像，那么像。
你们都很绅士，也很孤傲。内心燃着火，外人却看不见火。

明明是才高八斗，却装作低调寻常。彼此相像，彼此浸入。都那么深切，都那么情愿。所有的，都让你们的生机勃勃，英姿飒爽，一点一点呈现在读者面前。

这和以前在国内是否相识，是否是师生，没关系。释迦不也是半途出家朝圣的吗？耶稣不也是后来才有那么多人追随吗？每个人心中都有自己的释迦，都有自己的耶稣，在唤醒和被唤醒中，成为自己。

人的情感本来是链接的。链接之后，还会有新的更多链接，然后，处处都可以打开，心在这里游得远了。

其实你们原本都在，都在开着各自的花。所有的一切，从纽约相遇，到讲课听课，到最终回到乌镇，都是不期然而然。

对陈丹青做的一切，木心活着的时候没有任何表达，因为无需。但凡深远的，都不需要言说。标签没意义，行动，相陪，持之以恒，一直到最后，才是意义。

对木心而言，陈丹青总是在倾听，在行动。倾听，不用深谈，只听就有一切了。听，就是认同，就是接受。行动，就是践行，欣赏，激赏。

这样一个人，对另一个年长的孤独游子，一个埋没在苍凉世界的高手，是担当，更是自我达成。

木心说："高明的父，总是暗暗钟悦逆子的，高明的兄，总是偏袒桀骜不驯的乃弟。"

陈丹青之于木心，就是才华上的伯乐，精神上的知音，生活上的密友。

世界上，总有一些野马，甩动自己的汗颈，不服驯兽师的皮鞭，就是不入世。木心，陈丹青，都是这样的野马，驰骋在各自的疆场。

怀素的字、梵高的画、里尔克的诗、尼采的文、莫扎特的曲，都是不入世的野马之蹄，在草原上点起的焰火。

很久以前，梵高在写给提奥的信里说："每个人的心里都有一团火，路过的人只看到烟，但是总有一个人，总有那么一个人能看到这火，有一种人，仗义执言，不是在发生纠纷的时候，也不是在谁受了委屈的时候，而是在一次次助推，一次次低谷陪伴的时候。

别看那所谓活得好的人。钱、物，其实都不是最好的帮助、安慰。最好的帮助、成就，是援之以手，把别人从被遮蔽的地方，推到灯光下，推到宽敞的舞台上。

每个人，都是孤独的。甚至，热闹的时候，也是孤独的。

能够如此，几十年，他们一起读书，画画，谈音乐，相伴出行，推介文稿，就已淡化彼此的孤独了。

苍苔何处枕闲云？惆怅当年欢笑处。

木心远去了，陈丹青还在奔波不停，为木心的文字、木心的画、木心的剧、木心的旧物。有丰盈，有愉悦，也有惆怅，有遗憾。

但惆怅、遗憾，以及由此激发的尽心尽力，一步步把木心推介给更多的人，总那么温暖、温润。

万物与人，凡独立的，花开一树的，都有自己的天籁。也各有各的音，各有各的知音。

唐代诗人刘长卿有一首《寻南溪常道士》，诗云：

一路经行处，莓苔见屐痕。
白云依静渚，芳草闭闲门。
过雨看松色，随山到水源。
溪花与禅意，相对亦忘言。

读《张弟与木心》，只觉得一路经行处，都是陈丹青的苍苔，木心的屐痕。

第三章

心存一个远梦

18

“

读《茶经述评》(吴觉农主编，四川人民出版社 2019 年 2 月版)，与其说是一种阅读，不如说是一种资料收藏。

唐人陆羽的《茶经》，是中国乃至世界，现存最早、最完整、最全面介绍茶的一部专著，被誉为茶叶百科全书。吴觉农先生从当代茶业发展状况出发，联系有关茶的历史材料，对《茶经》所涉及的茶的起源、采制工具、制造、茶具、饮用、史料和产地等内容进行阐释与评价。

”

看茶叶一片片飘落

“喝茶”这个词，对很多中国人来说，其实是一个隐喻，交织淡淡悲伤和悠悠欣悦。

周作人说：“茶道的意思，用平凡的话来说，可以称作‘忙里偷闲，苦中作乐’，在不完全的现世享乐一点美与和谐，在刹那间体会永久。”

体会个中滋味，约三五好友喝茶去，找一个心远地偏的地方；或者忧来无方，孤寂落寞的深夜，独自泡上一壶茶，读书听漏声，不只是一种忙里偷闲，苦中作乐，也是在以一种隐形的方式，穿越当下的丛丛荆棘，穿越心底的残醉枯荒，在困苦和不和谐中，寻找芬芳与和谐。

喝茶，连带之前的取水，煮茶，身心俱静的整个过程，其实是一种朝圣仪式。

这期间的人，是一个别样的朝圣者。不管在各自生活里，已经世俗到了什么地步，是商人、官员、教师、职员，甚至是摆滩设点的、种地采茶的，骨子里残存的那一份朝圣愿望，都在此时悄然登场了。带着淡淡悲伤和悠悠欣悦，开始一种朝圣了。

细细想来，那些用心喝茶的人，不都是在有关茶的暗示之下，去安顿自己，也安顿别人么？

米兰·昆德拉有言:“比喻是一种危险的东西。人是不能和比喻闹着玩的,一个简单的比喻,便可从中产生爱情。”

人对茶的那份爱,也是从心底这种,悲伤又快乐的隐喻开始的。

所有的茶里,最爱绿茶。而绿茶里,又以六安瓜片为首,其次是太平猴魁、洞庭碧螺春、西湖龙井、都匀毛尖、信阳毛尖。

最自得的时候,是在看颀长玻璃杯里,茶叶迎接沸水的时候,看茶叶一片片飘落。

烧开后再煮三分钟的沸水,稍等片刻,冲入杯中,看那水激茶起的状态,真是壮观。像是深秋,一阵劲风起,卷起草地上的片片落叶。又像是瀑布飞流,悬空落入山间草丛,一份来自天上的飞扬,扑向历经春夏秋冬的柔软。

稍后,只是瞬间功夫,水与茶叶开始彼此相融了:水润茶无声,如春雨润物。茶融入水,如久旱逢雨。

这一刻,水只为茶而设,茶只为水而生。彼此的存在,乃天造地设。皇天后土,见此乃安。

此后,会看见一片片茶叶,慢慢舒展了,碧绿透亮了,春色再现了,精神昂扬了,风姿绰约了,神采飞扬了,香气四溢了。

一片片飘落之后,茶叶安然沉在水的怀抱,像是长久远行之后,回家了。

其水灵灵、鲜亮亮、绿油油的样子,叶脉分明、清香入肺腑的韵致,就像刚从早春的茶树上下来一般。

此前时节，它们在茶树上，浸染的澄澈天空、缭绕山岚、泥土芬芳、清明雨露，都在此刻尽显尽现了。

而此时的水，也不再是普通无色无味的水了。它已浸上了茶的绿意、沁香、滋味，变得青翠碧绿、浓醇清澈，成为润心润肺的人间甘露了。

此境之下，茶与水，已难舍难分，说不清谁是茶，谁是水，谁是谁的归宿，谁是谁的结果，谁成就了谁。

此刻的茶叶，在回归当初茶树上模样的同时，也在进行无声告白：茶之为茶，这么久，轻服薄裘，端坐廊前，就是为了这一瞬水的到来。水之于茶，是一次生命重现，也是自我实现的泉源。

此时的水，则以沧海桑田和改天换地的新形象畅言：水生天地以来的静候与期待，就是为了在这一朝拥茶入怀，润茶无声，还茶以生机。在与茶的三声奔雷与四次涅槃中，成就了水的英雄本色，水的禅意本相，水的诗意人生。而今而后，水将存留在云端之上，棋局之外，浸透进每一本线装书。

茶与水，水与茶，这样的金风玉露一相逢，多像人间知音的相遇。

也许，世间的每个人，每本书，每幅画，每支曲，都在等待命中知音，就像每片茶叶都在等待唤醒它的沸水。

19

“

《在漫长的旅途中》（上海人民出版社 2010 年2月版），是日本作家星野道夫（Michio Hoshino）的遗作。

之前，在网上看过很多他的旅行介绍：旅居阿拉斯加二十年，长期只身在酷寒的极北大地行旅。对生活在严苛自然环境中的人与动植物，他以镜头和执着，投入关怀目光，以无尽温柔的笔触，省思被“丰富”与“幸福”定义的静谧人生。

他曾经独自在零下四十度的冰河地带，扎营一个半月，记录冰河挤压滚落至海中的声音；也曾长期在海湾中，冒着严寒与浪涛，划着独木舟来回巡弋，捕捉座头鲸深潜前扬起尾鳍的画面；也曾一个人横跨阿拉斯加的四季，在各地扎营所记录下驯鹿……

敬仰每个独自走在朝圣路上的人。

”

纵使天下倾歌

人的一生，总是为了追寻生命中的光，走在漫长的旅途上。

跟随《在漫长的旅途中》真切质朴的叙事，可以感知星野道夫在大地上的足迹，而那些照片呈现的，则是清澈深沉的极北大地，自然的心灵之旅。

总是有若隐若现的光闪现在他的文字里，他对人生、对自然的感触，对万籁俱寂世界的体悟，平淡无华，触动人的心底，像荒野之山一样具有力量。

阅读中，也会回想起自己往昔的旅途。

身心俱在路上的时候，是最佳的旅行。彼时暂且放下工作，放下沉重与繁琐，轻装上路。那短暂的放空，是为了寻求心灵休憩，洗涤铅华。而放空的背后，是期待和追求。

在路上，感受世界；在途中，认识自己。所以，身心一起上路，就会登山则情满于山，观海则意溢于海。

2013 年 8 月初，那一日正骑着骆驼，走在通向鸣沙山山顶的路上。头上，是当空烈日，身下，是深陷细沙的骆驼晃动。

一阵阵风起，扬沙满天，热浪挟着细沙扑面而来，酷热逼人。我不由得裹紧头上的薄薄丝巾，也压低手中的相机镜头。在沙漠地带，细沙侵蚀相机厉害，严重时会让它偃旗息鼓，坐以待毙。

仰望绵延山坡和高高山顶，那些徒步登沙山的人渺若工蚁，让人感到徒步登上山顶太困难了。

恰在此时，猛然看见山顶，那面烈烈飘扬的红旗下，正有一对男女在艰难却有力地跋涉。金沙上，蓝天下，红旗旁，他们携手而行的身影，十分显眼。

心中顿生一股敬佩和柔软。

赶紧拉开长焦，竭力让骆驼背上的自己保持平衡，努力端平相机，对准那一对背影。

上天保佑，在他们隐入山顶那边的瞬间，我抓拍下了一组四张，且张张清晰。

在颠簸的骆驼背上看那照片，满是温情，几乎忘记自己正远游天涯，踟蹰在沙漠地带。

从《诗经》的“惠而好我，携手同行”发端，到《古诗十九首》的“携手上河梁，游子暮何之”，到陈子昂的“蜀山与楚水，携手在何时”，到黄庭坚的“归去来，归去来，携手旧山归去来”，到梁启超《雷庵行》

的“十载以后，吾与先生、雷庵携手，应忆今年花开时，满城云锦照春酒”，乃至鲁迅赠许广平的“十年携手共艰危，以沫相濡亦可哀”……

携手，一直是苍茫大地上，一代又一代世俗人生里，关于亲情、爱情、友情源远流长的记录和期盼。

回首来时路，生于斯，长于斯，也将死于斯的人，一直藏着许多携手与被携手的暖。那些在困境中伸过来的亲人之手、挚友之手、情爱之手，如朵朵青莲、条条小溪，一路伴随。

真正的携手，是一双手拉着一双手，更是一颗心牵起一颗心，一个人承诺一个人，一个灵魂结盟另一个灵魂。

纵使天下倾歌，何及你我携手。

流转于世间的暖，其实只在人的指间、心间和书间。

20

“

木心的《诗经演》(广西师范大学出版社 2009 年 3 月版)读者不多,但豆瓣评分 8.3。这是木心最具古朴色彩的诗集。

文字是古典的,观念是现代的。每一篇都是木心依据《诗经》生发出的新诗章,每首十四行,整整三百首。有人认为,这是木心的“天书”。

”

雨夜灯下听蟋蟀

入伏以后的闷热，浸透了每个昼夜，就连月色也有了潮湿的晕色。仰视空中，月亮的光辉带着淡淡雾霭，就像小河上氤氲的薄薄水雾。又湿又热的伏时江南，让人陷入季节性的萎靡，如同午后灼阳下，疲惫的百花。

好在还有空调。窝在凉凉房间里，看落地窗外，地灯照耀下的草地、树丛，寂静，安详，有迷人的幽阒窈窕。较之白昼，夜晚更绮丽丰实，澄澈皎洁，如上乘的蜜酿米酒。浅褐色的古老酒瓮里，封藏着《诗经》和《易经》，虚空，澄明，可以邀来满天繁星，却无需辩言。

这样的时刻，去的，似乎并未去；来的，似乎早已来到。时空与人，原本横无际涯的三者，一起并列在当下的时光走廊里，开满了花，一片酡红。

然后慢慢读木心的《诗经演·蟋蟀》：

蟋蟀在野，日月其迈。
职思其居，好乐无歧。
蟋蟀在堂，岁聿其逝。
职思其外，好乐无旷。
瞿瞿蹶蹶，无已大康。

寄言远国，良儒待匡。

是纠是图，亶其然乎。

慢慢琢磨，木心这是在表达什么。忽然听到窗下，一只蟋蟀在欢唱，格外响亮。靠近窗的地灯很亮很柔，罩住了四周的草丛、树丛、泥土。一阵阵的风，绰约掠窗而过，像是从洪荒时代走来，隐约有凌波仙子的喜悦。

膝上的《诗经演》、角落的台灯、几上滚热的普洱，也跟着风，摇曳如荷叶。

据说蟋蟀这种古老的昆虫，已有1.4亿年的生命史了。无论在北国，还是在南乡，它都喜欢栖息在湿润地方，山坡、田野、瓦砾堆、乱草丛。

这小东西生性孤僻，除恋爱期间外，一般都是独立生活，拒绝和别的蟋蟀同住。假如不小心碰到了，就会彼此对抗、争斗。每一只都坚守自己的领地，特立独行，闪动亮翅，像个独行侠一般，我行我素。

寂静时，听蟋蟀的叫声，"唧唧吱"、"唧唧吱"，苍劲有力，绝无婉约。它会用不同的音调，不同的频率，传达不同意思。

有的是警告同性，禁止进入的。有的是向异性求爱，柔美坚韧的。有的是即将威武迎战，对付入侵者的。爱恨情仇，泾渭分明。其实那并非叫声，是它左右两翅一张一合，相互用力摩擦发出的声响。情动于衷，发乎自然，是其生命的最强音。

这一分傲岸不羁，不合流俗，就像生活中的独行者，会在摩肩接踵的街头，瞬间进入我的视野，让我驻足注目。我心中的孤独行者，就是那不顾行路难，决意要一渡冰塞黄河，再登雪满太行的勇士。敢于以自己的方式，反抗辽阔天地，叫板世俗人群，弃绝既定线路。

那种英雄风骨，独在态度，和自然界中的老虎、猎豹、苍鹰，有殊途同归之妙。

人的心灵原色调,都是想做自己的王。但现实中的大多数人,为了活着，为了所谓的活得更好，却不得不收敛棱角，藏起锋芒。处心积虑琢磨所谓的合群之策略，刻意让自己显得合群。伪装成另外一种样子，用行为语言、肢体语言，向他人示好，向人群示好：我们是一伙的，请收留我吧。

一旦有人被看作不合群，就成了异类，连不合群者自己，都觉得像是做错了什么，暗中跌脚，自怨自艾：我咋就和别人不一样嘞？忘记了自己本来就和别人不一样。

想想吧，有多少人还在坚守自我，无惧穷困寥落，无畏茕茕孑立？那些我自横刀向天笑，去留肝胆两昆仑的浩然肝胆，大多都成了一场场酒醒长恨了吧。

是可鄙也？亦可怜也！

凝想中，忽听得一阵噼里啪啦，自窗外传来。刦见是急雨扑来，倾盖而下。天地间，风吹树摇，风雨如晦，硕大的雨珠乱打窗玻璃。

蟋蟀的欢叫，戛然止了。噤声的蟋蟀，此时也会有忧伤吗？

试想这天地间，如果雨雪不来，啄木鸟不来，白鹭不迁移，雁阵也不去，甚至没有丝丝缕缕的无聊时光，来折磨折磨人类、物类。物们、人们，任谁都没有丝毫的烦恼和伤痛了，那会怎样呢？恐怕连青鸟的勘探，也看不见了吧？恐怕也没有那令人心折，不知自何处飞来的缥缈孤鸿影了吧？

记起陆游当年的人生晚景，曾在一个腊月二十九，夜半闻得雨雪打窗，而披衣起听。他且听且喜——腊雪瑞丰登，春雨相发生啊。这个文武皆能的老先生，竟然在耳目一清中，独对孤灯，一次次剪去灯花，听雨雪打窗，到黎明。而让我魂牵梦绕的苏东坡，也曾在杭州广严寺的深夜，卧听潇潇雨打窗，一遍遍起身，把个炉火拨得通红。此二君，也算是人生不如意的人了，深夜能够如此听乱雨打窗，多像是一对亮翅的蟋蟀。在急雨中收起翅，静心沉气，等待雨停，再次雀跃而起。

尘世众生就是如此。每个人再怎么平庸，也期望有原初的理想，带着肉身飞翔。所谓“千里为初念，万山阅不群”。

可见，天人合一，常常于无声处。

这个深夜，有急雨打窗。

案几上，亦有灯明，有茶香。

21

“

大约是 2012 年春天，一个朋友推荐了这本薄薄的小书——《尼采的心灵咒语》（江苏文艺出版社 2011 年 12 月版），译者是曹逸冰。

记得上海书城是把它分类在心理学一档的。这书是日本尼采研究专家白取春彦，从尼采一生所有著作中采撷汇总而成，是最能代表尼采思想的 226 句话。一经出版，不仅风靡日本，席卷亚洲，就连世界也为之瞩目。很多人以为尼采的文字深奥难懂，极少读他。实际上，尼采作为世界顶尖级的大家，其超越之处在于，他不仅具有哲学家的深刻，更有文学家、语言学家、诗人的风采，最善于以优美而简单的文字，一语道破人生秘密，让人在听到的一瞬间，醍醐灌顶，恍然大悟，到达人生的本真。

”

人在墨色深处

三十多岁时，偶尔还会感到孤独和寂寞，四十岁之后，哪里还有时间孤独和寂寞？总感到有那么多书想读，有那么多事想做。那种不为任何名利的读书，完全是为了喜欢的做事。

年龄越长，越相信命运。决定命运的，有很多外在因素，比如天时、地利、人和、先天身体和心理素质。但也有许多内在因素，人生观、世界观、宇宙观等。外在因素形成的冲击力，和不知不觉中的内在自己配合，共同聚结成命运的力量。

人生所有的努力和探究，不是如何活着，而是如何死去。上天对人的眷顾，也不在于让人如何活，而在于让人如何死。上天要是可怜你，要你死的时候不知不觉，一觉睡到那边去，干净利落。上天要是不待见你，要你死的时候遍尝非人之苦，直熬得你油尽灯枯才罢休。

有人喜欢热闹，三天一小聚，十天一大聚。有人就是要在人群中侃侃而谈，出头露面，才觉得自己存在。有人则喜欢静静呆着，在一个人的时候才觉得切实存在。

读书，写字都需耐得住寂寞。

外界太喧嚣，嘈杂斑驳，有人即使衣食丰足，也还是无止境渴求金钱物质，只要有机会，就不惜用大量时间精力，去换取少许蝇头微利，舍身忘我。

可是，耐得住寂寞的人即便是有所成就，也只是有可能将来会被社会认可，只是有可能。“是金子总会发光。”然而实际上，金子，一直沉在沙底的，多了去了。

但不能因为可能会永远沉下去，就活生生让自己变成可以变色的闪光纸片，到处粘贴，彻底把自己搭进去。

一个人真正的写作，都源于因缘。

个性化的文字，要做到脱离羁绊和束缚，随心所欲，除了天性中的顽强生命力和浩然之气外，必须先消除生存所需的压力和逼窄，才可以轻车在路。生活没有干扰和繁琐，自己又能凝视深渊，才能腾空虚静，悟得真谛。

那些回溯往昔的，写故人故事的，痛苦却落入红尘感悟的，都是献给以往的祭旗，给别人，也给自己，是一种“还”。

写作的人写作，就是一个个知恩者，在书写自己的感恩，对过去生活中的人、事、自然的感恩。

但有些东西不能言说，一说就走样，一说就破。除非你已有释迦摩尼的心肠，有耶稣自甘情愿的奔赴死亡。

更难的是，大时代总是叫所有人都玩一样的，你玩别的，出彩的，它决不让你。

晚上10点之后的夜才是真正的夜，是一个人重回初心的时光。

此时的宁静暗淡，可以让人发现许多白天不容易领悟的玄机，最适合倾听天地，悄入禅境，触摸以往喜怒哀乐留下的疤痕。

人生最大的难题，就是认不清自己，绝大多数人都如此。经典阅读，就是走近那些人类精神的中流砥柱，靠近那能给人以点拨，给人以路径，让人去认清自己的人。

他们都是布道者。从他们那里，学会如何面对过去和已知，也学会如何面对未来和未知。

他们的气质，是了然人和人生的厚重深情，如慈母，如严父，如逆子，如英雄，如绕山而流，不知停息的大河。开朗时，像金色沙滩，一望无际；忧伤时，似灰色云海，深不见底，可以在瞬间触及永恒和纯粹：死亡、爱、自由、宁静。

就像中国的泼墨山水，一眼看过去画面里没有人，你却清楚知道人在墨色深处。

22

“

美国当代著名作家欧文·斯通所著的《梵高传》久负盛名，最难得的是，在梵高还默默无闻的时候，欧文·斯通便写出了这部文学传记。那是 1939 年，他 26 岁。

70 余年过去了，梵高的身世打动了无数读者，其魅力至今犹在。这部作品便也成了欧文·斯通的成名之作，被译成 80 余种文字，发行数千万册。我读的，一直是北京出版社 1983 年版。

欧文·斯通笔下，荷兰画家温森特·梵高不仅是 19 世纪人类最杰出的艺术家，更是平凡生活中，追求终极目标的无名英雄。

”

梵高的福音书

每个人的心里都有一团火。绝大多数人，只看到烟。就像地平线那边，斜阳留照的几抹余红，又像远望中，冬日湖面的枯萎残荷，若有若无。

但总有一个人，总有那么一个人能看到这团火，然后走过来，默默却坚定地等他燃烧，陪他一起走向未来。

欧文·斯通在人群中看到那团火，然后快步走过去，生怕慢一点，梵高就会被淹没在岁月的尘埃里。

然后，静静陪着，一起走，在路上，等待梵高的惊人成就被世人认可。

也许那时候欧文·斯通正在看梵高作画，在一片草地上。那是个闲散的周末，天上有云，空中有风。

欧文·斯通在看画，也看作画的梵高，走在他作品的索桥上，向远处望，想看到他的心灵、他的梦、他的星空。也看到他的衣衫破旧，胡子邋遢，满面尘灰烟火色。

欧文·斯通常常倾听，也常常静默远望，对梵高。

人与人之间的真正走近，都是从倾听开始的。欧文·斯通倾听梵高的声音、文字、绘画、草虫鸣叫、风声，也倾听梵高的沉默、苦闷、彷徨、坚定。

当然也会叙说，在梵高的传记里，欧文·斯通说内心深处，对世事人事的真实感受，喜怒哀乐，爱恨情仇，衣食住行。

无论积极、消极，无论好坏，无论是否合理，无论疼痛还是欢乐，不用任何修饰，欧文·斯通尽情地叙说，由开始的结结巴巴，到流畅如河。

欧文·斯通也会疑惑，在疑惑中自问：凡是真正体会到生活实在感觉的人，是否都是走错了路的人？

他也会忍不住为梵高抱不平：如果有位画家看到的色彩和别人不同，其他画家会说他是疯子。

但更多的时候，他是向世人展现人们所不知道的梵高。

他知道有时梵高工作到深夜，对自己的存在浑然不觉，一幅幅画仿佛来自梦境，闪耀着魅影般的光辉。

他明白梵高想画出触动人心的素描，想透过人物、风景所表达的，不是伤感的忧郁，而是真挚的悲伤。

透过梵高困窘至极的生活现状，他知道梵高的意识深处，死比生容易。死虽然痛苦，但生比死更痛苦。生命是有限的，悲伤是永恒的。

他懂得梵高是困在笼子里，孤单一人，感到恐惧。

梵高的绘画，是因为梦见了画，然后画下了梦。

一天天，在写作传记的过程里，欧文·斯通和梵高慢慢共有了太阳、春草、麦田、树。

其实不是共有了太阳、春草、麦田、树，而是借由太阳、春草、麦田、树，欧文·斯通和梵高共有了对人和世界的目光、角度和感受：

也许根本就没有什么东西可以不朽，唯一不朽的，是对人和世界的目光、角度和感受。

看着梵高的艰辛挣扎，欧文·斯通越来越相信，活着首先是贫穷、无奈、孤独、失望、疼痛，是坚韧、毅力、永不止息，然后才是收获、愉快、欢歌。

而人之为人，就在于灵魂一角，可以砌起牢固的壁炉，一年四季常年燃烧，供自己取暖，也供人来取暖。

他这样描述梵高的内心，追求与梦想，苦闷与彷徨：

梵高画太阳时，要画得让人们感觉到它以可怕的速度在旋转，它发射出力量无穷的光波和热波。画麦田时，梵高要人们感觉到谷粒中的原子在生长、爆裂。他画苹果时，要人们感觉到苹果中的液汁，溅到皮肤上，果核中的种子在往外钻，然后开花结果。

欧文·斯通也明白，在大多数人眼中，梵高是一个无用的人，一个反常与讨厌的人，一个没有社会地位，而且永远也不会有社会地位的人。但是常人不知道的是，梵高其实在以作品来表明自己的内心是什么样的，自己的旺盛生命力是什么样的，自己的不屈不挠意志是什么样的。

促成梵高这一目标的，是爱，而不是恨；是冷静，而不是热情。尽管他时常陷入极大的痛苦，可是内心仍然是安静的，是纯粹的和谐与音乐。

因为，在他那寒碜的小屋里，在最肮脏的角落里，梵高发现了自己通向世界的秘密隧道：绘画。

他建立这个隧道，在蜿蜒逶迤中，把自己和世界链接起来。让天空中的星星、月亮、流光，让大地上的向日葵、麦田、农人等，在自己描绘出的空间里流动，奔波劳作，轻轻呼吸。

能被一个深知的人记下行走之路，梵高何其幸哉！

春风风人，夏雨雨人。欧文·斯通那些对梵高生命的渗透与浸染，其实也是一次次突围，让自己涅槃，也让梵高涅槃。

他所呈现梵高的最好，也是他自己的最好。他向世人表述的自己对人生的思考，也同时是梵高对人生的思考：

> 实际上我们穿越大地，只是在经历生活。生命只是一个播种的季节，收获是不在这里的。世界上，没有什么不朽，包括艺术本身。唯一不朽的，是艺术所传递出来的，对人和世界的理解。即便如此，纵然我们不断地遭受挫折，也不灰心；即使身心疲惫，哪怕是处于崩溃的边缘，也要正视人生。

对梵高，也对后来的读者，欧文·斯通就是一本福音书，有释迦的温暖，耶稣的慈悲，也有观音的柔韧。

他让人相信：许多暗夜，窗外天空有一颗星，把大地照得比白天还亮。

23

“

英国作家阿兰·德波顿的《旅行的艺术》(上海译文出版社 2004 年 4 月版),和一般记录行程的作品大相径庭,在思辩与感性交织中,他以酣畅淋漓和留白含蓄兼有的文字,呈现他关于旅行的智慧:人类不欢乐的唯一原因是他不知道如何安静地待在他的房间里;让我们在前往远方之前,先关注一下我们已经看到的东西;一个人从旅行中得到多少不在于他去过多少漂亮的地方,而在于他在一个地方发觉了多少漂亮的故事;我们在异域发觉的异国情调,可能就是我们在本国苦求而不得的东西;时常走访大自然是解除城市生活罪恶的必要良方;构成幸福的关键因素并非物质的或审美的,而永远是心理上的。

阿兰·德波顿曾经是大学的哲学讲师,有深厚的哲学素养,熟读许多西方文学和艺术作品,所以在写旅行时,才会有很多理性的悟觉,多方位地观照旅行、剖析旅行。

”

心存一个远梦

在家久了，家、单位、餐馆，偶尔茶室咖啡厅，一周接着一周的几点一线，就那么几个人，就那么几群人，那么一座城，难免生厌倦。

于是不断出行，让自己上路。

走出家门，离开庭院，穿过村头，把“我城”抛在身后。远离身边一群群劳碌憔悴的同乡、同事、同城人，看看他乡的山、他山的人、他城的人文。然后倦飞知返，知道家是多么好，处了一世的亲友多暖多近，勤劳工作之于旅行多必须，当下安稳有多可贵。

如是回环往复，慢慢的，人生的活动半径扩大了，视阈宽度拓展了，人与我之对比鲜明了，天地之大凸显了，他山之石精粹了，我之渺小清晰了，无知与狂妄减少了，必须的坚韧具备了，静谧的安闲享有了。

人，也显得淡定低调了，不再自以为是唯我独尊了。

“我在黄昏的血色中踽踽独行，感到自己不过是这个忧郁的黄昏大地上一粒微不足道的尘埃。”杰克·凯鲁亚克早就这样把他的感慨写进作品了。

曾经千百次追问自己为何喜欢在路上，一直不得其解。

有个春天的五六月之交，在春寒料峭的北欧旅行。白昼短黑夜长的那里，夜晚来得特别早。

一天深夜，我独自坐在酒店餐厅的角落位子上，透过双层玻璃向外看星星——那个小城人烟稀少，几乎没有楼房，全部是房檐低矮的木质房子。

窗子的外面是一条小河，河对岸是一大片草地。此时的草地刚刚嫩绿，在湛蓝夜空与柔和灯光的交相映衬下，美若天堂。星光低垂，像是在祝福大地黑夜的完全降临，又像是为了在黑暗降临大地之前，把它的闪烁与辉煌尽情洒在草地上。

如此一来，草地旁边的小河也变得黯淡了，不远处的树林也越发显得黑魆魆的，周围的一切，包括那些迷人的小楼，别致的酒吧，都变得灰暗失色。

那一刻我忽然明白，如同黑暗必将降临大地一样，人的终极就是衰老与死亡。有些人之所以努力行走，尽力奋斗，向着自己的目标，坚忍不拔，一次次挑战自己，不断更新，不断走向更高处，迎来一缕缕属于自己的辉煌，实现自己存在的价值，就是因为除了衰老以外，谁都不知道未来是什么。

只有在衰老与死亡降临之前，不断上路，如那草地上空的星辰，尽情把它的闪烁与辉煌洒在草地上，才会不虚此行人生一趟。

最喜欢安宁寂寥的旅程。

最好是一个人。不用照顾谁，呵护谁，等着谁。行之所至，心之所在。

可以尽情嗅草的味道、花的味道、树木的味道，不会被谁的喧嚣呼唤惊回。

可以尽情看视域里的山川星辰、花鸟虫鱼，听种种天籁在耳边响起，在心底和它们相接，在它们的明灭中感受绽放与凋零，存在与生死，不用担心被谁一下子拉回大地。

飞在天上时，坐在火车或大巴上时，可以尽情走神，胡思乱想，远的近的、亲的疏的、过去的未来的。

也可以什么都不想，就那样像清空废件箱一样发发呆。不用担心有谁会时不时不识相地打搅你，追问你：想啥呢？一下子把你从浪漫主义的镜花缘，抛回到现实主义的在人间。

喜欢安宁的旅行，其实是难找理想的旅伴。

和人结伴一起旅行多了，或因公出访、参会，或因私出行，在境内或出境去，会明白最好的旅行其实是一个人走。

朋友，能一起喝茶的，一起逛街的，一起深谈的，一起互帮互助成长的，一起在职场上攻坚克难的，一起美食 K 歌胡闹的，却不一定是好旅伴。

人在旅途，好的旅伴，不能不讲清洁，也不能太讲清洁。不讲清洁到每天不换衣不洗澡，一身难闻气味，让人吃不消；太讲清洁到洁癖，非某类茶不饮，非某种牌子纯净水不喝，非某个级别的酒店不住，一样让人受不了。

旅伴也不能不说话，像个闷葫芦一句话都没有，像大白菜跟在身边，就白有旅伴了；也不能太多话，走到哪里都喋喋不休，像长舌妇、话痨男，还不如不来这趟旅行了。

不能太胖，太胖了爬不动山，还最可能打鼾，要是同宿一间客房就糟透了；也不能太瘦，太瘦了一样爬不动山，你得陪着走走停停，也要人命。

更不能太笨，笨若呆鹅，行动迟缓，看到啥都没反应，再低的栏杆也翻不过，连个好字都不会说，让人太无趣无味了；也不能太精明，精明到锱铢必较，分文必争，到处都和导游小贩纠缠不清，更让人叫苦不迭。

那种入眼入心，同味同趣，让你欢笑又知道适可而止，随你沉默又懂得恰到好处，喧嚣时，可以和你一起对着高山和空谷狂呼乱喊，静默时，可以一路陪你看景沉思不出一言的伙伴，到哪里找？

找不到，不如无，不如一个人走。

心存一个远梦，余下从了旅程。

第三章 心存一个远梦

24

“

说起读闲书，村上春树的文字是最好的一个。

喜欢他作品中感性背后的深刻，那种人类最为根本问题的探寻，如生与死、现实与虚幻、记忆与自我、爱的本质等。善用第一人称写作，大量的隐喻，以及异质性的张力、简洁、幽默等，都是他的强项。

他拥有大流量的年轻读者，也是因为这个。

在村上春树的《远方的鼓声》（上海译文出版社 2014 年 12 月出版）的推介词中，得知它是村上春树 1986—1989 年在希腊、意大利两国的游记，就立即下单买下。只因为自己曾三次去意大利旅行，深深喜欢那里。

”

远方的鼓声

“一天早上睁眼醒来，蓦然侧耳倾听，远处传来鼓声。鼓声从很远很远的地方、从很远很远的时间传来，微乎其微。听着听着，我无论如何都要踏上漫长的旅途。”这是村上春树《远方的鼓声》中最感人的句子。

每次走在异乡的路上，我都会在所有醒着的时候，尽情融在大地山川和人文景观里，或者在某些时刻，悄然注目我身边陌生的异乡人，会在他们说话时凝视着他们的面庞，远远近近的。我知道他们和我一样正在穿越，从东方到西方，从本土到异域，从世界到内心。

我会跨越语言试图理解他们在说什么，而我不用想着如何回答，只需要若有若无地靠近，看一看是否有和我相近的灵魂。那些时候，可以一念花开遍地，也可以无念无相无住。

因为陌生，我可以选择放下诸多防卫和拘泥。听着那些声音，我却无需评判何者为是何者为非。原本这人世间，哪里有纯粹的是纯粹的非呢。是非之间，皆有因果。

那些异乡人的异乡话，不管彼此真的听懂听不懂，都无需去让对方或自己澄清尚未知晓的地方。在一点混沌、一点模糊、一点依稀中，轻车简行，无需负重。

可以允许某个人深深地触动我，却不必担心可能会因此而受伤，因为还来不及受伤我们瞬间就会各奔他方。

无需告诉偶遇者我的梦想、我的希望、我的挫败，甚至连什么能带给我喜悦，什么能让我黯然，我也无需和那个偶然的相遇分享。

至于日常生活和工作中不得不说的话、不得不表的态，可以一个字也不说，完全享受沉默是金的无限轻松和快乐。

另有一种异样的文明，让我的空间被礼貌而温雅地尊重，享受着不被强行挤入的独立和舒适。我和诸多微笑的、友善的、肤色不同的同类，相逢在路上，且行且安详。

我们在彼此的界限周围徘徊，远观，保持舒服的距离，在各自舒缓的地段里，安顿自己。

我可以怀着悲伤的眼光，看着不知悲伤的事物。也可以被悲悯的眼光，在某个瞬间轻轻拥住。很多东西，只要心领神会，无需向谁解释什么分辨什么，不会在解释和说明中让心领神会丧失。

我明白，人之所以喜欢行走他方，其实是喜欢孤独。喜欢孤独，其实又是因为喜欢自由，喜欢自在，喜欢自己。

孤独着，才是个别的。个别的，才是自己。
那一瞬，那些时刻，才是本色的、最舒服的。

在路上，许多场合许多境况也让我感受到，人，要一点清醒，要一点才能，要一点钱，才可以随意行天下，才可以自立，自在。

而要能够如此，之前之后，如果不勤奋努力，不去打拼一个自己的江山，是万万不行的。

——

行走在异域，我也会清楚体会“他人是地狱”这一高论的对立面，其实是：“他人是天堂。”比如天涯相连的亲情、友情、爱情，都是天堂，都需要一个“别人”。

就像罗密欧是朱丽叶的别人，梁山伯是祝英台的别人，钟子期是俞伯牙的别人。

一个人是否是谁的别人，或者曾经是谁的别人，靠上天的眷顾，靠自己的修行，也靠无所不在的机缘和命运。

也因此，每次行走在离家千万里的路上，那些飞过来的电话、短信、微信，那些牵挂、担心、问询、叮嘱，都会让我在异乡恍若置身天堂。在静默的微笑和遥远的目光里，进一步确认，幸福，是离不了别人的。

所以一直觉得平常生活里，那些声称自己对亲情友情不在乎的豪言壮语，总有些虚妄，有些苍凉，是泪水浸透了面庞，却假装风沙迷了眼睛。是为别人心痛到快死了，还假装自己不在乎。

古今中外，所有人生到最后选择寄情山水的，都是因为之前情太深意太厚，又在人群中失落了那情、那意、那人、那彼岸，才退而求其次投到山水怀抱的。

就像经过一场大洪荒过后，那些荒原上长出的小草，草根下原本是浸透了死亡和绝望的。

行走在路上，静心，静神，静观，静默山间茅舍，一任月明狼藉。

25

“

有几年痴迷金庸、古龙、梁羽生的武侠小说，凡有他们三人的作品出来，必一睹为快。但那时工资不高，所以绝大多数都是去图馆借阅。

最喜欢的，当属金庸的《天龙八部》。清晰记得当时借阅的版本是广州出版社 2004 年 11 月版，在一个周末几乎是一口气读完。金庸从 1963 年开始创作这部小说，历时 4 年完成。据说前后共有三版，仅仅在 2005 年第三版中，就经历 6 稿修订，结局改动较大。

故事以宋哲宗时代为背景，通过宋、辽、大理、西夏、吐蕃等国之间的武林恩怨和民族矛盾，从哲学的高度对人生和社会进行审视和描写，展示了一幅波澜壮阔的生活画卷。其故事之离奇曲折、涉及人物之众多、历史背景之广泛、武侠战役之庞大、想象力之丰富当属“金书”之最。作品风格宏伟悲壮，是一部写尽人性、悲剧色彩浓厚的史诗巨著。

”

塞上牛羊空许约

金庸小说，最爱《天龙八部》，众多英雄，最爱乔峰。

他是孤儿，却幸遇名师。他扬名天下，却惨遭诬陷。他武林无敌，却孤寂无依。落魄时，一句“虽万千人吾往矣”，何等英雄何等豪杰，胸中块垒顷刻扫尽，顿觉前路何愁无知己。得高位时，敝屣荣华，浮云生死，教单于折箭，六军辟易，最终玉碎乾坤。其间的坦荡沉稳，快意恩仇，侠肝义胆，敢做敢当，恩怨分明，几乎满足了我对英雄的所有幻想。

年少时每读“塞上牛羊空许约”一章，都免不了一场唏嘘。当初乔峰与阿朱杏子林初见，他们一个是燕子坞侍女，一个是丐帮豪杰。乔峰原本是仗义出手救阿朱，他被众人诬陷，阿朱也只是本能地仗义执言，此时的两个人说不上什么感情。

而后聚贤庄内，众人看到的是他的英雄气概，她却怜惜他的心苦。再之后他们被群雄围住，他或可独自脱身，但他却说出：“事到如今，他们也决不容你活了，咱们死在一起便是。”自此，她已抛下一生的锚。

雁门关外苦守五天五夜，等来了他的铁心柔情：“今晚杀了此人之后，咱们即行北上，到雁门关外驰马打猎、牧牛放羊，再也不踏进关内一步了。”“现下有了小阿朱，我要照料陪伴你一辈子，萧峰的性命，那就贵重得很啦。”

看金庸笔下的乔峰,一生有三个时辰最开心:和丐帮兄弟激战外敌时,和阿朱塞上牛马许约时,和阿骨打畅快喝酒时。这是不是正应了梁启超那句话:“盖人生历程,大抵逆境居十六七,顺境亦居十三四!”

说起爱,在乔峰的世界里,道义和兄弟似乎比爱情更重要。女人不是以女性存在,而是和男人一样作为同类而存在。当他众叛亲离,天下人除了误解就是陷害时,只有阿朱至死不渝陪伴他,不离不弃。

有个惊鸿之美的女人着意撩他,这个EQ低的男人说:“比你再美貌百倍的女子,我起初也没去留意。”

他的爱情不是来自对异性冲动的荷尔蒙,而是发乎于道义,然后由日积月累的陪伴和帮助加深形成。看上去不解风情,不懂浪漫,不会取悦,可一旦爱上一个人之后,却会死心塌地地忠诚和负责。

有了阿朱之后,他知道他不再是一个人,这世上有一个人敬重他,钦佩他,感激他,愿意一直陪伴他,和他同甘苦共患难。于是就有了对阿朱的塞上骑马打猎、牧牛放羊之约。

这其实不只是乔峰的爱情之约,更是炊烟袅袅、坐看云起的尘埃落定,是每个人在人海漂泊,一路沉浮之后共同期望锁定的锚,是三十六计的繁复与辗转之后要抵达的简单生活:有一知己,男耕女织,一周迎接朝云暮雨,不问世事,岁月静好。

可是这样的期许终成空。

他一路追踪那杀他恩师和养父母的仇人,最后发现那仇人却是自己亲生父亲,而杀死自己生母的是恩师。当他看到自己的生父鬼门关游一圈却遁入空门，而一生唯一爱的女人阿朱被自己错杀，自己的身份也是非汉非辽，不知故土何处。同时自己又冒犯君主，大逆不道……

至此，他已生无所恋，唯有自尽以绝天下。

自幼就是孤儿的他，阿朱在，他还有根，即使是仍然漂泊，他也是有根的漂泊者。没有了阿朱，就没了根，无根的漂泊者就失了活下去的重心。

这飞龙在天的志向、潜龙在渊的经历、亢龙有悔的结局！

这世间，塞上牛羊空许约的，哪里只是乔峰，又哪里只是男女之约。

像那亲密如手足，一同出生入死打江山，也约定一起享天下的兄弟，初起时，与子同袍，共赴生死。可是一旦尘埃落定江山入手，那上位的人，要么直接让当年的弟兄魂归九泉，要么婉转让他们告老还乡。

前者如夫差对伍子胥，刘邦对韩信、彭越、英布，刘秀对铫期，李世民对李靖，朱元璋对廖永忠、刘伯温、胡惟庸、蓝玉；后者如赵匡胤对石守信、高怀德、王审琦、张令铎、赵彦徽。

哪怕有明明白白的君子盟约，如刘邦对韩信的"三不杀"——刘邦满口答应韩信"见天不杀、见地不杀、见铁不杀"。结果呢，不一样是塞上牛羊空许约！

像那曾经同甘共苦为夫妻，海誓山盟在天愿作比翼鸟，在地愿为连理枝的，皇家出身如唐高宗弃王皇后、萧淑妃，汉武帝弃陈阿娇，杀钩弋夫人，唐明皇军前勒死杨贵妃；跻身高位者如战国时吴起杀妻求将，平原君杀妾以示轻色重义，三国时刘安杀妻煮给刘备享用；至于那耕种于陇亩，担水砍柴烧饭的平凡夫妻，谁能说得清有多少滚滚怨妇恨夫泪，不一样是塞上牛羊空许约！

像那亲密如圣子圣徒的：当基督被捉拿时，那些门徒四散而去；众人把耶稣钉上十字架，只留下他孤独一人在上面流了六小时的血，直到死。

他爱众人，众人呢？那声称会一直追随他的十二门徒呢？念念有词对他顶礼膜拜的芸芸信徒呢？

不一样是塞上牛羊空许约！

塞上牛羊空许约，自古皆然。男人对女人，女人对男人，兄弟对兄弟，父母对儿女，儿女对父母，君主对臣子，圣子对圣徒，甚至每个人自己对自己。

所有的塞上牛羊之约，在许下的那一刻就已成为往事，消散在风里。鲁迅慨然：从来如此，便对吗？

世事吊诡，从来就不对的，却一直在暗合历史前情，正如 100 多年前狄更斯《双城记》第一句所言：

> 这是最好的时代，这是最坏的时代；
> 这是智慧的时代，这是愚蠢的时代；
> 这是信仰的时期，这是怀疑的时期；
> 这是光明的季节，这是黑暗的季节；

这是希望之春，这是失望之冬；

人们面前有着各样事物，人们面前一无所有；

人们正在直登天堂；人们正在直下地狱。

也许我们生活的世界从来就没好过。所谓繁华，不过世间，留得残荷听雨声。终归是，塞上牛羊空许约。

这样的结局，让多少人像困在笼子里的狮子一样焦虑地转来转去，仿佛害了牙疼。

既如此，每个人就原地踏步、裹足不前了？就不约定也不赴约了？

一切仍要照旧：约，亦赴约。天不变，道亦不变。

有些约定终将成为心底的暗流，在看不见的地方向前涌去。就是因为它在，才让人时而想起光辉、希望、冬阳般醉人的美好，像山坳里的月光一样干净。

所谓永不妥协，就是都在以自己的方式拒绝命运的安排，直到它回心转意，给出一条生路来。

人生在世，就如一本打开的书，谁都希望它的主题始终如一，不希望它在中途改变方向，飘忽不定，最终不知落在哪里。

在无意义中寻找意义，在绝望中寻找希望，在危机中寻找生机，在荒诞中寻找真实，在悲怆中击缶而歌，原本就是人类与生俱来的宿命。

如若敲门都不应，索性倚杖听江声。

26

“

读陀思妥耶夫斯基的《罪与罚》(上海文艺出版 2015 年 8 月版),是因为一个契机:有次读鲁迅,忽然看到其中有这么一句:“马克思的《资本论》,陀思妥耶夫斯基的《罪与罚》等,都不是暇末加咖啡,吸埃及烟卷之后所写的。要将现在中国人的东西和外国的东西比较起来,像陀思妥耶夫斯基的《罪与罚》,对比起来,真是望尘莫及。”

上大学时读过这本书,虽然震撼,但远远没有品味出应有的深刻。可叹,那时太年轻。

”

日暮苍山

1889 年的新年，在意大利都灵的一条大街上，身材魁梧，蓄着大胡子的尼采走出卡洛阿尔贝托街 6 号的大门，暮色正起。

他去散步，顺路去邮局拿信。

忽然间，尼采看见一个车夫正在鞭打一匹马，一鞭接着一鞭，面目凶横狰狞，已气得七窍生烟。

而那匹马，不管车夫怎样挥舞鞭子，就是纹丝不动。扭曲的脸上，全是痛苦。

看着这情景，尼采突然跳上马车，甩开胳膊抱住了那匹马的脖子，开始啜泣，低声喊着："我的受苦受难的兄弟！"

围观的人群中，有一个人恰好是他的邻居，邻居把他送回了家。

他在矮沙发上躺了两天，一动不动，一言不发。两天后，他喃喃说出了此生的最后一句话：妈妈，我真傻。

随后他精神失常，完全疯了。

这一年，他 45 岁。一直到他逝世，其间有 11 年，基本上是在疗养和精神病院度过，神志不清但脾气温和。

在此前两年，尼采深深喜欢上了当时刚去世的陀思妥耶夫斯基。他一遍遍读陀思妥耶夫斯基的代表作《罪与罚》。

在给友人的信中，尼采详细陈述了《罪与罚》的主人公拉斯科利尼科夫做过的一个可怕的梦：他（拉斯科利尼科夫）梦见自己回到童年，大概六七岁时，一个节日的傍晚，他和父亲一起在小城里散步。这时，他们父子俩看到一辆满载货物的大车，拉车的却是一匹小母马。

小母马就是庄稼人养的那种劣马，又瘦又小、黄毛黑鬃的那种。这样的马，平时可以经常在乡间看到。它们拼命用力拉着的大车，有时满载木柴，有时满载干草，都高得像小山。每当大车陷进泥泞或车辙，赶车的庄稼人就会用鞭子狠狠地抽它，伴着恶毒咒骂，咬牙切齿地打。鞭子劈头盖脸地落在马身上、脸上、头上、眼上。

梦中，小小的拉斯科利尼科夫紧紧揪着心，无比同情也无比怜悯地看着这可怕的场景，几乎要哭出来。

而每当这时，梦中就会出现妈妈，拉着他离开小窗子，不让他再看。

这种梦时常再现。

有一天，小拉斯科利尼科夫梦见父亲抱着他走在街头。他看见一匹瘦小的马停在酒馆门口，身后是一辆大车。驾车的，是一个醉醺醺的车夫。车夫让和他一起从酒馆出来的同伴都坐上车，然后吆三喝六地要送他们回去。

可那马实在太瘦小了，拉不动这么多人。车夫毫不怜悯，一鞭一鞭地使劲地抽它。

在雨点般的鞭子下，小马忍痛拼命挣扎，可还是没能起得了步，车上的人太沉了。此时此刻，车上的人似乎怒不可遏，纷纷跳下车，加入了抽打的行列。

然而此时他们鞭打马，早已不是为了让它奔跑起来，而是为了取乐，为了发泄。

他们大喊，高呼，唱歌，吹口哨，嘿嘿笑。恶魔般的笑骂声在夜色沉沉的大街上空响着，刺耳扎心。

小小的拉斯科利尼科夫此刻实在忍受不住了，他跳下了父亲的怀抱，跟着那匹马奔跑。看到那些人怎样抽打它的眼睛：他清楚看到那些人照准马的眼睛猛抽，一下接着一下。

他哭了，泪如泉涌。

在打马的人中，有一个人的鞭子碰到了他的脸，他竟毫无知觉。他伤心至极，大声叫喊。

就在此时，他忽然看到路边有个老头，须发尽白，摇着头，大声谴责那虐马的人。他伤心又无助地跑向那老头。

一个女人拉住他的手，想要领他走开。但他挣脱出来，又跑到马跟前去。

那醉酒的马夫还在虐马，不过此时手中的鞭子已换成铁棒，一棒又一棒，重重打在马身上。

“打死它！”有呼喊声响起。那群喝得醉醺醺的人，继续挥舞鞭子、棍棒、辕木，朝着那奄奄一息的母马。

最终，马伸着脑袋，长长吁了一口气，痛苦万状，慢慢断了气。

许多人在围观，在议论。

小拉斯科利尼科夫再已无法控制自己，他高声叫喊着，从人群中挤进去，冲到那匹黄毛黑鬃马前，抱住鲜血淋漓的马脸，已经死了的马脸……

就在这一瞬，已经跟在身后追了他好久的父亲，一把抓住他，最终把他拉出了人群。

《罪与罚》写下的这种梦中场景，渐渐植入尼采的脑海，深如刀刻。尼采在给友人的信中说：

> 冬日的场景。一个老车夫，带有极其残暴的犬儒主义表情，比四周弥漫的冬天还冷酷，对着他的马撒尿。那匹马，可怜的、受虐的造物，四下张望着，充满感激，非常感激。

其后，尼采留下一句震撼人心的话："人类的生命，不能以时间长短来衡量，心中充满爱时，刹那即为永恒！"

今年入冬以来，天气陡然入寒。放眼大地，大江南北尽苍茫。

也去看红叶，也去看流云。也有老茶，也有新米。但，都不能带来内心真正的欢愉。

每个社会，都有太多当牛做马的人，也有太多暴虐的马车夫。

"只要我们周围的一切都在忍受和制造苦难，我们就不可能幸福。

只要人类事物的进程取决于暴力、欺诈和非正义，我们就不可能高尚。只要全人类没有开展智慧的竞赛，以最明智的方式引导个人生活和求知，我们就不可能聪明。”对尼采写在《悲剧的诞生》里的这句话，一直似懂非懂。

尼采的思想难理解。尼采的心难进入。

可是，这世上比尼采的心更难理解的，往往是马车夫的心。

1889年新年的那天傍晚，在街头抱着一匹马哭泣的尼采，没有说过将会由谁来惩罚那些凶残虐马的车夫，由谁来喝令他们放下鞭子。只是说：上帝死了，我们自己必须变成上帝。

这个冬天，似乎来得更冷一些。

日暮苍山，天寒白屋。唯有于雪中取火，且铸火为雪。

27

“

《饮酒二十首》是陶渊明的一组五言诗，见《陶渊明集》（中华书局1979年5月版）。这组诗借酒为题，饱含忧愤，写他对历史、对现实、对生活的感想，对现实的不满，对田园生活的喜爱，反映了他高洁傲岸的道德情操，安贫乐道的生活情趣。

字里行间，以酒寄意，诗酒结合，自然袒露生命深层的本然状态，有独特的人生意蕴。

”

放弃如山倒，放下如抽丝

酒是男人的卸妆水，一旦喝到位，戴着的面具就会一甩手摘了。

随后，原本想做但不能做的，就去做了；原本想说却不能说的，就去说了；原本不敢流的泪，也都流了，不便倒的苦水，也都倒了。

饮酒因此成了男人的一味秘制良药，专门用来治疗各自潜藏的残爱余恨，旧伤老病，夙愿深痛。

陶渊明既饮酒，也写饮酒，现存 142 篇诗文，提到喝酒的就有 56 篇，是中国古代第一个大量写饮酒的人。

他的诗，以饮酒为题的，集成一组，共 20 首。

每读他的《饮酒二十首》，都会心生一念：是什么东西在暗中强力干扰这个隐逸达人，让他始终不得安宁，竟然在酒中也不能平静？

酒喝到位之后说的话、做的事、流的泪、诉的苦，都是写实的。每一笔下去，都是性格。就像王羲之饮酒之后写的《兰亭集序》，一笔笔都是他自己。

此时，看得见的言谈举止，是被看不见的内在自己主宰着。

酒中的陶渊明常常痛苦纠结，埋怨善恶之报在现实中总是遥遥无期。

《饮酒》第二首有云："积善云有报，夷叔在西山。善恶苟不应，何事空立言。"——都说积善有善报，那纯善的夷叔为何会饿死西山；既然善恶不报应，为何还要立空言！

善有善报，恶有恶报，本是天道应有的规律。但，善没有善报，恶没有恶报，却是很多人真实的命运。打破善有善报恶有恶报规律，突然闯入人生，把人打得晕头转向的，都是命运。

被打得晕头转向的人，眼见着善没有善报，恶没有恶报，甚至好人不长寿，坏人长安绥，就有些乱了，不相信了。

虽不相信，样子还得做一做，由向善，到伪善。伪，很累人，时间久了就一点点减少持守，免不了漏洞百出。再往后，伪得不耐烦了，索性弃伪直奔，直接恶。

"善有善报，恶有恶报，不是不报，时候未到。"这千古流传世间的格言，是对天道昭昭，疏而不漏的坚信，还是无法兑现的无奈期盼？

分明有一种怆然：都妄诞，都虚空，要真是这样，就好了。

因此陶渊明酒后还在纠结：如果固穷守节没有声名可以流传作为补偿，又有什么意义？

远远看着他，内心存疑：以善报为目的的善，是善吗？以声名流传作为补偿的固穷守节，还是节操吗？

也许陶渊明的生活状态，也和我们一样：常常不知道如何是好。

归园田，盖草屋，种黄豆，采菊花，那些看起来桀骜又散逸的所有作为，也和我们一样，就是在无意义中寻找意义，在绝望中寻找希望，在悲怆中击缶而歌。

酒后的陶渊明也会忍不住悲怆伤怀，哀叹自己孤独寂寞。

《饮酒》第四："栖栖失群鸟，日暮犹独飞。徘徊无定止，夜夜声转悲。"

第十三："有客常同止，取舍邈异境。一士常独醉，一夫终年醒。醒醉还相笑，发言各不领。"

日暮，孤飞，徘徊，无依，彻夜哀鸣，说的不是鸟。

常常在一起的所谓弟兄，所谓朋友，其实貌合神离，彼此根本不懂。醒醉言笑之间，看起来其乐融融，其实是鸡同鸭讲。

自远古到彼时，怀着一种乡愁的冲动，到处寻找家园的，不只是哲学家，还有陶渊明，还有和陶渊明一样进入生命最深处的人。

遥想魏晋时代，那些落寞愤激的落寞人群，内心深藏着太多睥睨世界、牢笼万有的痛苦、抗争、苦闷。

智者常有知音。行程虽苦，有三两个背包客同行，也许就不觉得苦了。

可是，最高层面的智者，总是孤独。

往来饮酒，唱和应答，把酒话桑麻，说笑欢乐，很多时候只是看起来在一起了，是一路人。

但实际上，寂寞的是，举目四望，没有一个同道。常常一个人独醉，一个人清醒。更寂寞的，常常被理解的，都不得要领。

只因真正的相伴，实在需要对等。彼此内心差距太大，一个在五楼，一个在一楼，双方都是寂寞的。只因人和人的相伴，左边是身影，右边是灵魂，连接身影和灵魂的，是智慧和品格，异样和腾挪。这四样东西，一方高，一方低；一方东篱菊花，悠然可见南山，一方朝堂圣君，处处低眉顺服，哪里对仗起来？更不用说起承转合了。

纵然是知音，脾气、秉性、气息都能相合，也太难了。

脾气、秉性、气息，即是命运。

饮酒时的陶渊明，就有了一种了然后的通达和仁慈：空中鸟迹纵横，哪一只不是在孤飞？

每一个举杯之时，陶渊明也许都是为了想先平静了自己再说。

人，借着饮酒，能够孤苦有告，思有所依，似乎就不觉得苦了。

就像驾车远行，疲惫万千的半路，看到高空鸿雁南飞，月溅星河，就不觉得远了。

远望去，自他离去1500多年来，有那么多人都在盛赞他的高洁脱俗，决然归隐，不愿为五斗米折腰。

但有多少人，能透过他手中的杯杯浊酒，懂得他“放弃”背后的哀伤如影随形？

人，总会在最率性的时候陷入莫名恓惶，就像在向至爱深情低语时，会在顷刻间不知为何恍然看到生命的尽头。

放弃之后，转身而去，易。转身之后，真的放下，难。

冥冥之中，人生路上总有一律令在：放弃如山倒，放下如抽丝。

很多表面上的放弃，可能只需一瞬，一转身，如山倒。但心中真正的放下，却如茧抽丝。

28

“

对于每个喜欢苏东坡的人来说，拥有一套《苏东坡全集》是不可缺少的。

我手头的这个是北京燕山出版社 2009 年 12 月版，全集包括了苏轼的诗词及文章等。近几年一直在给汉语言文学专业的本科学生讲“苏轼诗文精选”，这套书就成了常翻常读的经典。

”

永远的苏东坡

在古代，交通不便，讯息不畅，到哪里都是山高水长。

出外旅行的人，不管怎样极其所能，也难以避免各种不测之祸，只有把身家安危委诸天命。

嘉祐二年（1057 年），初春，20 岁的苏轼，17 岁的苏辙，在 47 岁的父亲带领下，赴汴京应试。

这是他们第一次走出故乡眉山。一路辗转，经汉中、长安、函谷关、渑池、西京洛阳，到汴京。

他们走到崤山脚下时，连日朔风紧起，四下彤云密布，纷纷扬扬飞下一天瑞雪来。

只消半天光景，满眼所见，山上银色相连，飞雪漫天，天寒地冻，路滑难行。

忽然一个趔趄，苏辙的马倒地不起。就近细看，那马摔伤了腿，已爬不起来。

看天空，那雪越发大了，犹如风叙柳絮，乱舞梨花。父子三人深知这般酷寒，谁也无法在陡峭山路上步行，否则恐有性命之忧。

百般无奈下，他们觅到路边一户人家，再三恳请，租了人家一头毛驴给苏辙代步，三人继续冒雪前行。夜幕四降时分，终于抵达渑池。

渑池为一古城，秦时曾设县治，文化厚重，古风古韵。借着雪光，父子三人看不远处有灯光如豆。循着灯光近前，看清是个寺院。

叩响大门，开门的是个老和尚，清瘦而矍铄。看他们在父子风雪中瑟瑟发抖，老和尚赶紧迎进禅房，添柴支灶。先让他们在炉火上烤干雨雪浸透的衣衫，而后端上热饭热茶。

苏家父子在这里住了几天，得知老僧法号奉闲，守着这个古寺已经很久了。

一连数日，奉闲给他们温粥，热茶，暖炉，直到雪过天晴，才送他们继续上路。

初入社会的苏轼兄弟感恩在心，各自在寺院的照壁上题诗留念。

这年 7 月，苏轼苏辙一同中举，初战告捷。次年 2 月，兄弟俩又一起进士及第。已是文坛掌门的欧阳修因格外赏识而予以全力推介，苏家父子三人一下子名震京师。

隐隐之中，渑池仿佛是一个福地。

在那个严寒的风雪夜，奉闲老和尚打开的院门，拨亮的火炉，热粥，热茶，成了苏轼兄弟人生路上最暖的一个时空。

对那些生命力旺盛的人而言，所有走过的路，遇到的人，读过的书，受过的恩典，都会成为生命的一部分。

许多年之后，仕途上坎坷不断却闻名天下的苏东坡，之所以始终乐

每个人的一生都会和一个、几个地方特别有缘，仿佛命中注定，和这地方因缘际会。

某个宁静的深夜，一个人独在的时候，你回望这些地方，忽然明白：人生，就是一次又一次的偶然，在未知和无常中，迎来一系列的不期然而然。

嘉祐六年（1061年）的冬天，26岁的苏轼正在奉朝廷之命赴任凤翔府签判的路上。兄弟情深，苏辙送他，一直送到郑州才作别而去。

多日后，他途经渑池，落脚渑池寺院附近的一家客栈。

恰好，此时收到了苏辙的来信，信中怅然问及兄长，是否还记得他们当年驻足渑池的情形。

而在此之前，苏辙被朝廷任命为渑池主簿。考虑到此时父亲苏洵正奉朝命修撰《礼书》，兄长苏轼要远赴凤翔，苏辙上书留在京师侍奉父亲。得到朝廷许可，没去就任，与渑池失之交臂。

夕阳下，苏轼漫步寺院边上，看着薄暮落入远山，满眼都是枯树枯草。三两只野鹤，在寺院旁的空潭上起起落落，然后停在灰瓦灰砖的禅房顶上，老塔尖上。

一阵寒风袭来，苏轼不禁打了个寒颤，一下子想起四年前的初春，他

和父亲、弟弟风雪天在这里落脚的情形。

只是几年光景，就已物是人非。老和尚奉闲死了，书写他们兄弟诗章的照壁坏了，枯草长满院里院外。

而三年前，他们兄弟最爱的母亲程氏，一辈子还没来得及分享两个儿子进士第的喜悦，也在眉山老家病逝了。

旧地重游，苏轼感慨万千——时光如流，沧桑世事，人生充满了变数，最是悲欢离合留不住。从眉山出来数年，一直辗转，为谋生，为应举，为官职。如飞鸿，如雪痕，飘忽不定。

少年时总以为人生快乐悠长，如同月夜看完电影走在通向自己家的狭长小巷，一路上，天上有几点星光，地上有几声狗叫，风在耳边，吹着墙头上的草。吹三两声口哨，对着那不知谁家房檐上警觉看着你的流浪猫。偶尔遇到脚下突现的一汪积水，可以一跃而过，轻呼一下，继续快然前行。

后来才发现，生活的路更多时光是崎岖不平。没有一颗星，没有一丝风，没有一片云的暗夜时常有。就像黑巷子那么暗，那么长，走也走不到头。

我们来到这个人间，我们离开这个人间，通常都不是我们能掌控的。不管坐的什么船，旅程该结束时自然会结束，由不得你，一旦时候到了，你不想下船都不行。

平常日子，就是行舟水上，顺利的时候有，但更多的是纠结拧巴，河道水流湍急。你不得不谨慎小心，使劲划桨，时时把住行驶中的船，谨防翻船落水。

偶尔有那么一点时光，你的船走在波光粼粼的缓冲地带。坐在船头，你静看岸边孤立的茅屋、砍柴的樵夫、洗衣的农妇、放牛的孩子。或者看大雁从空中南飞，秋风吹面的凉里，排着“人”字雁阵。

你能看清茅屋破旧，樵夫衣衫褴褛，农妇枯黄头发，放牛孩子的裤子补丁连补丁，脚上没穿鞋子。你陡然心酸——有多少人仅仅为了活着，就已经拼尽力气了，更何况还有道道看不见的枷锁：君君臣臣，父父子子，上下长幼。

而你内心的这些，如一点微光，混沌在滚滚尘埃里，没人会知道。唯有文字和艺术，可以记下你生命刹那间的腾空，让你的精气神，以特有的样子刻在你的皮囊之下。

在你这里，那些刹那，不只是一段时间，还是一种空间，让你能够回去片刻，看看，想想，再回来。

人一生就像旅行，只有到达终点，才能判断这趟旅程的好坏。有多少人，都是一生辗转，始终流离。

那些刹那，就像一个个安静的清水湾，让你能在辗转流离中有片刻驻足休憩，让你觉得你的人生再坏也坏不到哪里去。于是，这一生是不是在永恒中显现的一粒微尘，又哪里重要？

而让一个人写出上乘文字的，不只是才华，不只是功力，也不只是教养，不只是思想，更多的是苏东坡身上那种纯然涌动的生命激情。

永远的苏东坡。

29

“

喜欢读“年谱”。

“年谱”肇始于宋代，兴盛于明、清，是纪传和编年二体史书的一种演变和发展。行文上，它以谱主为核心，以年月为经纬，将一切有关活动均以介绍。要深入了解一个大家的道德文章如何与年俱进，生平遭际有何隆污夷险，又是怎样随所遇而不同的，必须读年谱得其详实。

近日慢读林子青所编《弘一法师年谱》。这书初版在民国三十三年，后1959年重校由香港弘化苑印行。再之后，1995年，作者又一次补充资料再修订，由宗教文化出版社出版，编著极其用心。

”

“人间事，家中事”

总觉得书不是读出来的，是悟出来的。只要守着一本经典，也能读出天下。

可是，书买了满书房，沉心静气熟读了很多遍的，为数不多。

就是为数不多的那些，慢慢的也读得少了，更集中在了几本宗教和哲学，放在办公桌和床头触手可及处，可以随时翻阅。纵使读，也很随机，有时闪念一过就读一点。

空下来的时光，更多的是安静地待着，书在膝上，靠着，坐着，站着，看一行、几行，停半天。看风在树梢，一片草，一只鸟，或者听雨打篷布，落进灌木丛，思绪若断若续连着膝上的文字。有时啥都没想，眼底心底，一片虚空。

已经对宏大叙述和喧嚣时事失去炽热追踪，那里水太深也太浑浊。对于当下遍地论输赢、谈成功、指责谩骂、冷嘲热讽的，只远远看着。深知自己渺若微尘，学浅识陋，一时半时要辨识出其中的是非曲直、人道天机，力所不逮。须等它沉淀澄清之后，或可知晓一二。

平常文字，深爱转山转水转他乡的、平常人家安然于僻静的。而喜读“年谱”，在淡淡琢磨一些往昔人物生平事略的同时，是想触摸人悲欢离合的根在哪里，天道远人道迩古训的合理性在哪里。

弘一法师祖籍浙江平湖，世居天津。先世经营盐业。父亲李世珍，号筱楼，是同治四年进士，曾官至吏部主事，数年后辞官经商。弘一法师的母亲是他父亲的第二个侧室。待他出生时，父亲已经 68 岁，母亲只有 19 岁。

弘一法师的长兄文锦，比他年长近 50 岁，二哥文熙比他年长 12 岁。文锦结婚生子后就去世了，其子随后又夭折。文熙则自幼体弱多病。老父亲担心文熙体弱不寿，继世无人，才娶了弘一的母亲，有了这第三个儿子。

老父亲给这个儿子取名“成蹊”，取“桃李不言下自成蹊”之意。学名文涛，字叔同。弘一，是他出家后的法号，法名则叫“演音”。

进士出身的父亲虽是商人，但平生邃于性理之学，晚年好内典，尤其耽于禅悦。乐善好施，设立私塾，与数位乡绅一起创立“备济社”，专门抚恤贫寒孤寡，施舍衣食棺木，当时天津人称为“李善人”。父亲还为自己主持的李家起名“存朴堂”，书写匾额悬挂在大客厅正中。天津人也因此称为“存朴堂李筱楼家”。

弘一法师五岁那年，父亲病逝，是母亲王氏一手将他抚养成人。

父亲生病期间，曾发生一件奇事：重病的父亲患的是痢疾，久治不愈。临终之前，痢疾忽然好了。父亲着人请了多名高僧在家中朗诵《金刚经》，关闭房门，静聆其音，不许一人入内。

五岁的三公子偷偷掀开帷帘探视。看着高僧齐声朗诵的样子，不禁心生爱敬之意。

不久父亲垂危，却毫无痛苦，安详而逝，如入禅定。

而后，弘一常带着侄子们模仿高僧朗诵的样子，自己则假扮大和尚。

王夫人爱子教子有方，弘一法师自童年起，就先后师从天津当地名家赵幼梅、唐敬严、严范孙、王仁安、王吟笙、孟定生、汪纶阁、王雪民、周啸麟、李绍莲、姚品侯、姚兆臣、冯玉夫、曹幼占、陈宝泉等，学习诗文书画篆刻，切磋学问，为同辈称赞。

十七八岁时，入天津县学，学习时文制艺。

后来的弘一法师在音乐、教育、书法、绘画、戏剧、诗文等，所涉处皆能闪烁其光，基于此也。

原生家庭和环境对人的塑造影响太大了。在众多家庭中，常常出现的一种神奇现象是，下一代不管与父母的禀赋差异多大，总有一股神秘的力量驱使他们，竭力秉承上一代的情怀和行为模式，从而让善与不善、仁与不仁、智与愚、才与情等气质代代相传。

社会是个大江湖，四面八方聚集在一起。涌向走向社会的每个人，就是大江湖里渺小的一滴水。陪伴一个人长大的，不自觉带着你走一生的，或隐或显反映在你身上的，是你原生家庭带给你的资源、教育与潜移默化的影响，如影随形。

而对一个寂寞圣者的人生追踪，如果走遍天涯也觅不到他的精神根基，或许回到他的家里就发现它了。每个人的家，都是他自己的城堡，也是要塞。

弘一法师自幼聪慧过人，略识文字之后，他就开始给自己取字，如漱筒、瘦铜、舒统、庶同、俗同等，别号惜霜。待长大成人，他又给自己取了很多名号，可考见的，加在一起有 200 多个。诸如：

哀、哀公、岸、息霜、欣、欣欣道人、凡、婴、李庐主人、黄昏老人；

论月、月臂、一月、月音、月镫、如月、慈月、善月、胜月、真月、如月；

玄入、玄会、玄明、玄门、玄策、玄荣；

如月、如眼、如说、如实、如智、如理、如空；

智身、智幢、智炬、智入、智门、智镫、智眼、智藏、智境、智理中；

慈目、慈力、慈风、慈舍、慈月、慈观、慈镫、慈藏；

无有、无尽、无得、无说、无厌、无等、无所、无缚、无依、无住、无作；

大心、大山、大明、大慈、大誓、大舟、大舍、大安。

为胜、为依、为明、为首、为导、为炬、为趣、为护、为归、为舍；

善月、善知、善思、善惟、善解、善慜、善梦、善观、善摄、善量、善臂；

胜力、胜月、胜音、胜行、胜幢、胜髻、胜臂、胜镫、胜愿、胜解、胜祐、胜慧。

这些名号，作为弘一法师的自取，其意义指向多与哀、岸、月、玄、智、无、慈、善、明、为、胜等有关，气韵偏重阴柔、仁慈、禅悟、徘徊、虚妄。弘一法师最后的皈依，早已昭示于他出家之前。

一个人深层的情感与情怀，潜在的期盼与愿望，表现在对人对己上，其实是一种相印。

这种相印看起来似乎如掌击水，无去无痕，却隐含了他的命运密码，

弘一法师 19 岁那年，戊戌政变发生，因京城有传言他和康有为梁启超是同党，于是他奉母及家眷南下上海，借住在法租界卜邻里。

到了上海后,他先加入城南文社,然后移居城南草堂,与江湾蔡小香、江阴张小楼、宝山袁希濂、松江徐幻园,结为同谱兄弟,号称“天涯五友”。

而后考入南洋公学特班生,从蔡元培受业,并与邵力子、谢无量、洪允祥、王峨孙、胡仁源、殷祖伊等一干人杰,为蔡元培赏识。

再之后,赴浙江乡试,学习日文,写文章,风生水起。

而最让他感到幸福的,还是每天可以侍奉母亲,陪伴两个在沪出生的幼子,与家人亲人其乐融融。

> 他在《题梦仙花卉横幅》回忆这段岁月:“是画作于庚子九月,时余方奉母城南草堂。花晨月夕,母辄招大妹说诗评画,引以为乐。大妹多病,母为治药饵,视之如己出。壬寅荷花生日大妹逝越三年乙巳,母亦弃养。余乃亡命海外,放浪无赖。回忆曩日,家庭之乐,唱和之雅,恍惚殆若隔世矣。今岁幻园姻兄示此幅,索为题辞。余恫逝者之不作,悲生者之多艰。聊赋短什,以志哀思。”

26岁那年,他的母亲去世。去世之际,他恰好忙着去街上为母亲选棺木,没能来得及见母亲最后一面。这,成为他终生的遗憾。

这个老父早逝,依仗年轻侧室的母亲抚养大的灵气孩子,天生细腻慈心。他对母亲卑微的一生,充满哀伤,常提起“生母很苦”。在扶灵回天津后,他在母亲西式丧礼上,一边弹奏钢琴,一边长歌当哭:

> 惟长夜漫漫而独寐兮,时恍惚以魂驰。
>
> 梦挥泪出门辞父母兮,叹生别离。
>
> 父语我眠食宜珍重兮,母语我以早归。
>
> 月落乌啼,梦影依稀,往事知不知?
>
> 汩半生哀乐之长逝兮,感亲之恩其永垂。

歌声合着琴声，悲恸天地，令人动容，让许多人想起了《诗经·小雅》中的那首悲诉父母劬劳，自己不能回报父母养育恩泽、不得终养父母的悲恨绝望之歌《蓼莪》：

> 蓼蓼者莪，匪莪伊蒿。哀哀父母，生我劬劳。蓼蓼者莪，匪莪伊蔚。哀哀父母，生我劳瘁……

人，对着含辛茹苦的母亲，总会有难以言说的伤心之爱。

怀着这份情感，很多人和母亲之间，就有了一份无法言传的心心相通，有一份他人无法知晓的骨肉相依。也因此，在和母亲永别时，总有无限悲凉和伤痛绝望。

有些男人，之所以在生活中能够对女人有各种怜悯，其实是从怜悯和爱母亲开始的。

从幼年时起，那些一点点积淀起来的，对母亲的怜悯和爱惜，包括母亲所吃的苦、受的累、受的委屈，以及母亲遭受的，种种隐忍不发的伤害，才使得男人对女人，有深深怜惜和悲悯。

更深处，很多人对痛苦的理解，也是从体验母亲遭受的痛苦开始的。

母亲所遇到的各种被迫、无奈、有心无力、伤心欲绝等，都会深深印在人的心底，化成一汪泉水，汩汩流向他们一生中相遇的人，显出人性的温润与慈悲。

一个人的成长，是诸多因素的连环，包括爱恨情仇等。但唯有温暖和爱怜，是支撑一切的力量。

生命从来孤独，可是，行路天涯中，只要有如父如母般的至亲至爱始终在心底同行，隐约左右，就足以让人在怜惜的目光里，默默承受着种种。在疼的脚步中，走完选定的旅程。

佛家云：慈能予乐，悲能拔苦，因为众生都在苦难中。

读《弘一法师年谱》结尾处弘一法师的最后事略："廿八日下午，自写遗嘱于信纸上。九月初一日书'悲欣交集'四字与侍者妙莲，是为最后绝笔，九月初四日（即阳历十月十三日）午后八时，安详圆寂于泉州不二祠温陵养老院晚晴室。"

记起木心记录自己家族的世交赵老伯所谈一事：弘一法师示寂前，赵老伯曾与弘一同上雁荡山。彼时二人并立岩顶，天风浩荡，澄心滤怀，一片空灵。默然无语之中，赵老伯发现弘一眼中有微妙变化，不禁启问："似有所思？""有思。"弘一答。"何所思？""人间事，家中事。"

赵老伯对此一细节感慨："你看，像弘一那样高超的道行，尚且到最后还不断尘念，何况我等凡夫俗子，营营扰扰。"

木心这段记录深触我心：这样的弘一法师并非未能免俗，而是本真依旧，越发可敬可亲可爱。

不管学界对弘一法师的"悲欣交集"有多少类似"大师一面欣庆自己的解脱，一面悲愍众生的苦恼"，这样昂昂然、潇潇然的宏大解读，我从那四个字里听到的，都是弘一心灵深处悲欣交集的微吟："人间事，家中事。"

人世间，有多少严闭的门，都会在临近生命的终点时刻，无风而自开，放下袈裟蓑衣，深情而本真。

第四章

最悲哀的
不是
生命流逝

30

“

豆豆的长篇小说《遥远的救世主》（作家出版社 2005 年版），是一个有救赎色彩的故事，深得我心。

商界怪才丁元英效力于德国一家私募公司，以他出人意表的智慧和手段，把从德国募集的资金弄进中国股市后，用只有他才谙熟的“文化密码”大肆攫取中国资金。但很快良心发现，毅然决然退出公司。可是，按照规则，退出就要受到惩罚，所以他付出了沉重代价。所有分红被冻结，窘困到只能吃方便面度日。就在他回到古城“隐居”时，认识了在法兰克福长大的女刑警队员芮小丹。如惊鸿一瞥，他们相识、相知，从音响发烧友变成了生死恋人，电光石火，浪漫传奇，让人拍案落泪。

”

在人生的河流之岸

芮小丹说“乖”

爱上丁元英之后的芮小丹常常对这个年长她许多的男人说“乖”：

> 芮小丹又拿出两本大影集和一个档案夹放到丁元英枕头边，吻了一下他的脸说：“在家没事就看这个吧，我的情况都在里面，以后不许说你不了解我。乖乖待着，晚上我带你去逛小吃街。”说完，她拿上丁元英的房门钥匙匆匆关上门出去了。
>
> 下楼梯时四周没人，她拿出手机给丁元英打电话，说：“乖，都闷在家里几天了，我带你出来散散心……现在就去找你。
>
> 芮小丹不再去理会他的“禅定”，把香烟和打火机装进包里，说：“乖，快醒醒，咱不禅定了，带你出去吃火锅，再禅下去就禅傻了。
>
> 芮小丹拿出手机给丁元英打电话：“乖，我回来了……你 10 分钟以后下楼，我去接你……不在外面吃，我已经准备好了。
>
> 她……脑海里却浮现出那年春节前丁元英扛一箱方便面的情景，心里黯然自语：乖，我以后不能再疼你了，自己去找吃的吧。她吃力地撑起一点身子，把枪伸进胸部顶住心脏扣动了扳机 随着砰的一声枪响，她自杀了。

深度心理学家在研究中发现，人在恋爱之时，心理上会“退化”回三岁之前的状态。恋人之间的互动，与婴儿和慈父或慈母间的关系极为相似。在这个时期都缺乏“心理疆界”，情绪纠缠不清，分不出彼此的感觉。

其好处是，不管自己心里多愁苦，一看到对方欣喜的笑容，自己什么事都不用做，就不知不觉地跟着开心起来。其坏处是，看到对方心情不好，不笑了，自己的情绪马上受感染，开始难受起来，以为对方在怪自己。

在这个阶段，爱着的双方，都会不自觉地、极其尽情地给予对方热烈的呵护，各种各样能够让对方快乐、安宁，甚至愿意生死相依。

对女人来说，此时，潜藏在她生命深处的母性就会迸发出来，把对方当作孩子一般，怜惜，呵护。

其实，亲情、爱情、友情，无论哪样一种深情，都有母性的成分在里面，与你是男还是女无关。

母爱的情绪，像泉水，柔软、细腻、慈悲。体现出来，最常见的，就是心疼对方。

此时的心疼，是一种深度怜惜。对对方所经受的一切辛苦，都充满爱怜，然后在不自觉中加以放大，怜悯。怕对方渴，怕对方饿，怕对方受冻，怕对方吃苦，怕对方生病，怕对方突然消失，就像母亲对深爱的孩子一样。

甚至，在别人看来是很平常的辛苦，都会觉得是对方的不容易。

因为深度怜惜，而放不下。不管对方是近在咫尺，还是远在天涯，都会时时刻刻牵挂着。总想了解对方全部的过去，总想知道对方现在的一切。

下雨了，会立即想到那人有没有带伞；降温了，会马上担心那人有没有加衣。仿佛自己手中有一根无形的风筝线，牵念的总是对方。然后，就有了一种呵护的渴望。

即便是那人很坚强有力，还总是感觉那人很柔弱，很无助，想尽办法宠着，不愿意那人受一点苦。甚至会无原则地骄纵，如同手中握着一个易碎的宝贝。

这种心疼，不求回报，心甘情愿。一心一意想着为对方做些什么，对方的笑颜会让自己的感情立即升温，对方的苦痛也会让自己跟着冰天雪地。似乎一切的付出都是博取对方的愉快和幸福，不计得失，不要回报。

所以，爱一个人如果不心疼，深刻心疼，就不是真正的爱。

也许那只是一种喜欢，或是一种迷恋，一种向往，一种占有的欲望和冲动。

当一个人开始心疼时，就已经开始爱了。

《遥远的救世主》所以写得妙！

丁元英的礼物

已经断然退出私募基金圈子的丁元英，在爱上芮小丹之后，很快就结束沉寂幽静的生活，满血复活了。他运筹帷幄，以一种斗士的英勇，投入宏大的王庙村扶贫工程，就像他自己所说的那样：

> 小丹想要个礼物，就有了这档子事。王庙村是贫困县里的贫困村，小丹要的礼物就是在王庙村给她写个神话。
>
> 哪里是境界，我还没冲动到为了让舆论溅几滴水花就去招惹那种骂名。当“得救之道”的讨论浮出水面，那就是我要送给小丹的礼物。

为了这份礼物，他殚精竭虑，甚至差点丧命林雨峰的枪口下。到最后，他落得个铺天盖地的舆论唾弃，声名扫地。

而这些，都是他事先预料到的，但是他还是赴汤蹈火般走下去了。

在心理学视野下，男人与生俱来会背负着建功立业、光耀门楣的使命感，为个人，为家族，为国家。这些使命感也许会驱使着他奋勇向前，不屈不挠。

但是，只有当男人深深爱上一个女人时，他才会产生源于生命自觉的男性意识——人生必须有所作为，必须让自己活得像个男人样，必须按照那个女人期望的样子活。

为此，他会舍弃名声、地位、荣誉，甚至牺牲自己的生活方式、生存方式，把这些当作礼物尽数奉献给她，呈现在她的面前，即使是身败名裂也在所不惜。因为，她才是最懂得欣赏他的那个人，为了这个欣赏的付出，一切都是值得的。只有在那个女人那里，他才觉得自己是真正的男人。

在这个阶段，他整个人开始显得活力四射，看对方的眼光总是充满爱意。就像注射了微量的兴奋剂，对生活、对朋友、对工作都充满激情。即便是一天到晚奔波忙碌，也不觉得疲惫。

他也会打破自己的做人常态，做出一些令人吃惊的事情：吃苦受累，一掷千金，甚至愿意为对方流血牺牲。

如果遭遇阻力，有人阻挡这样的爱，他会不惜挥别事业，和朋友反目，和父母决裂，和亲人对着干。

甚至会甘心舍弃现有一切，走天涯，流浪远方。

《天国的女儿》

芮小丹爱上丁元英的契机，是在丁元英播放《天国的女儿》的那一刻：

> 一个纯净到一尘不染的女声仿佛从天国里倾泻而下，仿佛是一双上帝的眼睛怜悯地注视着人类。一声，只一声，芮小丹骤然有一种灵魂之门被撞开的颤栗，又感觉自己像一个失重的物体，被一种神秘的引力带到了没有现在、没有未来的时空。这是一种什么声音啊，时而像露珠的呢喃，时而像岩浆的涌动，时而让人幻入远古的星空倾听天女的咒语，时而让人在潮水般恢弘的气势里，感受生命的悲壮和雄性的本色，向往豪迈人生……

芮小丹被震撼了，心里在惊叹：天哪，太美了，太让人陶醉了，人原来还可以这样活。灵魂原来还可以这样滋润！

从此时起，这首曲子一直伴随她。

男女之爱，往往产生于彼此之间发生的一个诗化瞬间，一个相通的眼神，一句温柔的话，一首美妙的乐曲……从此之后，这个瞬间化作一个诗化记忆留存在脑海里，慢慢酝酿成一段刻骨铭心的恋情。

对人类爱情的这一原理，米兰·昆德拉在他的《不能承受的生命之轻》中反复描写过，托马斯一直认为特丽莎就像一个“被人放在涂了树脂的篮子里的孩子，顺着河水漂来，好让他在床榻之岸收留她”。

人生是一条流淌的河，每个人都会在特定时刻进入河中漂流，然后在特定的时间上岸，结束一生的旅程。

或长或短的漂流历程里，每个人最渴望的，就是遇见一个痴心人，与之同行，与之偕老。

只因为，每个人都是独一无二的一个，都是精神的孤儿，渴望被一个人收留，也渴望收留一个人。

所以，“那个人”的出现，成了人类与生俱来的永恒追求，“那个人”带来的爱，也就成了人生最华丽的乐章，这些都以诗化记忆的方式转变成全人类的生存意义。

在这个基础上，爱，才成为人类永恒的话题。

不管一个人曾经受过怎样的伤害，怎样怀疑爱，都应该相信在我们一生漂流的历程中，在我们生命的河流之岸，一定会有一个人，在某个地方等着我们。

就像世事洞达之后的张爱玲所说的那样：“我要你知道，这世界上有一个人是永远等着你的，不管是在什么时候，不管你是在什么地方，反正你知道，总有这样一个人。”

总会有人，在我们人生的河流之岸，有一天出现。

《遥远的救世主》与许多作品所不同的，就是那种直抵生命深处的思索和领悟，给我们打开一扇窗，把我们的目光引向生活和生存的本相，比如这样的一些句子：

> 言语道断，一说就错。
>
> 生老病死我都怕，但是有谁是因为怕就能躲得过去吗？
>
> 透视社会依次有三个层面：技术、制度和文化。小到一个人，大到一个国家一个民族，任何一种命运归根到底都是那种文化属性的产物。

31

“

生活·读书·新知三联书店1994年5月出版的《射雕英雄传》，是“金庸作品集（三联版）”系列之一。作为金庸的代表作，写作于1957年到1959年，最初在《香港商报》连载。

喜欢这部小说的一个重要缘由，是因为喜欢1983年版本版的电视剧《射雕英雄传》。《射雕英雄传》自翻拍成电视剧以来，一共有七个版本。这个版本，是我唯一一集不落看完整的《射雕英雄传》连续剧。作为我眼中的经典，无论是郭靖、黄蓉、杨康、穆念慈、五绝都是经典角色。尤其是黄蓉的扮演者翁美玲，可爱至极，那种带着聪明睿智的古灵精怪，真是演活了黄蓉。

”

豪情还剩了一襟晚照

金庸把他所创作的十四部小说名称的首字连成一副对联：飞雪连天射白鹿，笑书神侠倚碧鸳。

他的新武侠小说创造了文学书籍畅销的神话，从 20 世纪 50 年代以来，广泛传播于华人圈。凡是有华人处，必有金迷。

侠义精神是武侠小说的首要主题。

金庸说："武侠小说一定要讲正义、公正，一定要是非分明，要好人经常击败坏人；正面人物一定不可说谎，不可忘恩负义，不可对不起朋友，必定要有情有义，不可凶暴残酷，故事在不知不觉中强烈地肯定了中国人的传统美德。"

中国人历来有珍视侠义的传统，表现为扶危济困、除暴安良、见义勇为、替天行道。大而言之为国为民奋不顾身，小而言之忠于友谊平等待人。

细细斟酌，中国人所说的"侠"的确有很重要的友谊成分。"侠"必与"义气"有关。不管《三国演义》，还是《水浒传》也都强谌，不但要讲友谊，还要讲义气。友谊主要源自感情，义气则包含了理智的判断。

什么是“义气”？就是你即使和一个人感情并不深厚，但为了大众认为的应当这样做才合理，你往往会做出重大牺牲。

《射雕英雄传》中的郭靖，就是一个践行义气的人。他作为宋人生于蒙古，但不为异国的荣华富贵所动。毅然南归之后，为了抗击蒙古铁蹄而英勇捐躯。他在大是大非面前勇于取舍、无怨无悔。

在处理与杨康的私人关系上，对义气近乎顽固的坚持，似乎显得有些过分。但这正从另外一个方面反映了他作为“结义之兄”，对于管教“不义之弟”这一责任的勇敢担当。

重义轻利、信守然诺、舍生取义的人，还有《书剑恩仇录》中的周仲英、《倚天屠龙记》中的张翠山、《天龙八部》中的萧峰、《雪山飞狐》中的胡斐等。

金庸的新武侠小说，既有儒、道、释等传统文化底蕴，又有民主、平等、宽容等现代文明品质。既根植于中国文明传统与中国人的接受心理，又具有普世的精神价值。

所以，从表层看，金庸笔下的武侠世界，满足了读者的日常娱乐需要；从深层看，它是寄托大众愿望的乌托邦想象。

鲁迅说：“俗文之兴，当兴二端，一为娱心，一为劝善。”

所谓娱心，是因为比起一般的作者，通俗文学作家更清楚现实生活中的芸芸众生，由于受着现实的种种制约，总有许多正当的愿望、理想和梦想不能在现实中得到满足，对更美好、更完满的生活充满憧憬。

这时，将生活单纯化、诗意化的通俗文学，可以让人短暂地从烦恼琐屑的人生中超脱出来，获得片刻的休憩与调剂，让劳动者消除疲劳，得到快乐，获取慰藉。

用王朔的话来说，就是“老百姓这点儿事咱都清楚，他们这痒痒肉儿在哪，咱挠哪儿”。

金庸《射雕英雄传》第三十回，写郭靖护送黄蓉去寻找一灯大师治伤，一路闯过“渔樵耕读”四大高手中的前三个。面对最后的高手书生，小说这样写道：

> 黄蓉……见那书生全不理睬，不由得暗暗发愁，再听他所读的原来是一部最平常不过的“论语”，只听他读道“暮春者，春服既成，冠者五六人，童子六七人，浴乎沂，风手舞雩，咏而归”，读得兴高采烈，一诵三叹，确似在春风中载歌载舞，喜乐无已。
>
> 黄蓉心道：“要他开口，只有出言相激。”当下冷笑一声，说道：“《论语》纵然读了千遍，不明夫子微言大义，也是枉然。”那书生愕然止读，抬起头来，说道：“甚么微言大义，倒要请教。”
>
> 黄蓉打量那书生，见他四十来岁年纪，头戴逍遥巾，手挥折叠扇，颏下一丛漆黑的长项，确是个饱学宿儒模样，于是冷笑道：“阁下可知孔门弟子，共有几人？”那书生笑道：“这有何难？孔门弟子三千，达者七十二人。”黄蓉问道：“七十二人中有老有少，你可知其中冠者几人，少年几人？”
>
> 那书生愕然道：“《论语》中未曾说起，经传中亦无记载。”黄蓉道：“我说你不明经书上的微言大义，岂难道说错了？刚才我明明听你读道：冠者五六人，童子六七人。五六得三十，成年的是三十人，六七四十二，

少年是四十二人。两者相加，不多不少是七十二人。瞧你这般学而不思，嘿，殆哉，殆哉！”

那书生听她这般牵强附会的胡解经书，不禁哑然失笑，可是心中也暗服她的聪明机智……

这种“胡解经书”的方式，就是用戏谑的方式拆解经典，在戏说中化雅为俗、以俗戏雅，把解读儒家经典这类原本属于文人阶层的高雅文化，移置到现代大众文化文本中，与黄蓉和书生等人物的具体生活境遇密切结合，既刻画了黄蓉的率真聪明，又嘲讽了文弱酸儒的可笑，让人在阅读中娱心一乐，莞尔一笑。

除了“娱心”外，金庸武侠小说备受欢迎的另一个原因在于“劝善”，就是能够担当起集娱乐性、思想性和教育性于一体的使命。

在奇特的想象、引人入胜的故事里，金庸常常以生动感人的艺术笔触，塑造并赞扬为民众利益献身的英雄，歌颂中华民族的凛然正气，表现现代民主思想和反对民族压迫的平等观念。

例如他的《射雕英雄传》，在宋、金冲突，元统一中国的历史背景下，主人公郭靖为了维护民族利益与为虎作伥的败类进行斗争，表现了大义凛然的历史道义与民族尊严。《天龙八部》中，萧峰生长于中原而受汉族文化熏陶，在民族大义的漩涡中，一方是生养他的土地，一方是给他骨肉的民族，在义与利、情与爱、民族大义与文化冲突中，他毅然舍弃生命，换取两国的安宁。

中国普通老百姓相信真理战胜谬误，正义战胜邪恶，善有善报，恶有恶报，而金庸武侠小说对儒家传统价值（仁、义、礼、智、信）的肯定和发扬，正是这种大众心理积淀的反映。

这是金庸武侠小说表现的世俗观念中的善。

金庸武侠小说的“劝善”，还有更高层面、近乎于生存哲学的一面。

《神雕侠侣》第二十六回，有一段关于独孤求败的极为精彩的描写。

故事是这样的：由于偶然的机缘，杨过发现了独孤求败的剑冢。剑冢里埋藏着三把剑及四片石片，石片上刻有文字。

第一柄剑长四尺，锋利无比，剑下石片下写着：“刚猛凌烈，无坚不摧，弱冠前与河朔群雄争锋。”第二片石片上没有剑，上面写着：“紫薇软剑，三十岁前用，误伤义士不祥，乃弃之深谷。”第三把剑顺理成章的是凝重的钝剑，石片下写的是：“重剑无锋，大巧不工，四十岁之前持之横行天下。”第四柄渐入化境的木剑，石片上写的是：“四十岁之后不屑带物，草木竹石均可为剑。自此精进，渐入无剑胜有剑之境。”

金庸写独孤求败的剑冢，写剑冢里的三把剑及四片石片，其实是在写独孤求败人生的四个不同阶段。

第一柄剑长四尺，锋利无比，剑下石片下写着：“刚猛凌烈，无坚不摧，弱冠前与河朔群雄争锋。”这时候的独孤求败，年少轻狂，艺业未成，因此他需要凭借一柄锋利的宝剑，与群雄争锋。

实际上，这时候未成熟的，又何止独孤求败的剑法？他的心态、剑道和人生观，都还很幼稚。

二十岁以前的年轻人，性格刚烈，年少冲动，满怀理想到处攻击抨击，锐不可当，自觉无坚不摧。以为手中有了利器就可以纵横天下了，却不知道此时的我们，仅仅只能与“河朔群雄”一争短长而已。

第二片石片上没有剑，下面写着：“紫薇软剑，三十岁前用，误伤义士不祥，乃弃之深谷。”软剑比平常的硬剑更难使，比硬剑的锐不可当又上一层。

三十岁以前的人，正是闯荡江湖、建功立业的时候，青春热血，豪气满怀，难免犯下错误。此时的独孤求败便是如此——尽管武功比起少年时精进了许多，但是人生观依然模糊，所以他一时冲动地误伤义士。回首那时，他心生悔恨与内疚，甚觉不堪回首。

经此阶段，独孤求败逐渐明白，原来人生并不只是剑术武功，世界上的事情也并非简单对错，非黑即白。他丢弃在深谷的，不只是误伤义士的软剑，还有少年人不顾一切、不可一世的锐气。

第三把剑，顺理成章的是凝重的钝剑。石片下写的是：“重剑无锋，大巧不工，四十岁之前持之横行天下。”

说的其实是四十岁之后老练成熟的人，于人于事渐渐看透，所谓大智若愚，大勇若怯。此时的独孤求败，横行天下无人可比。

这时候他终于明白了，所谓的高手，不过就是这么回事，天下无敌却又如何？因此他收起了以前的狂放，慢慢的，变得注重起个人的修为了。

重剑，便是这个时期独孤求败心境的最佳解读，也是金庸对于不惑之年的最佳解读——举重若轻，沉稳老成，不露锋芒，反而威力更大。“大巧不工”这四个字，知易行难，最重要的是锻炼深厚的内力。

由练习武功技艺，回归到凝聚内力，这是金庸意念里，人生迈向更高境界的标志。

第四柄是渐入化境的木剑，石片上写的是：“四十岁之后不屑带物，草木竹石均可为剑。自此精进，渐入无剑胜有剑之境。”

不屑带物，也就是不被外物所控制，无剑胜有剑。在武学上，这是至高无上的修为。因为无剑意味着束缚更少，限制更少。

在人生态度上，同样被金庸推崇为极致——无剑，就是随心所欲，收放自如，物我两忘的境界。

于人于事，不再执着，不为身外物、不为名利、不为成败所奴役，全然地活出自己，才是“无剑”。

正所谓：“大方无隅，大器晚成。大音希声，大象无形。”

金庸的武侠小说自从20世纪50—70年代在报刊连载，不同版本的纸质书籍，被源源不断地改编为影视作品、漫画、卡通、电子游戏、网络版本文本、绘本。

凭借着多种语言文字的传播，它超越政治意识形态的鸿沟，受到不同阶层、年龄、职业的读者喜爱。在当红作品流行的阶段，连谈论金庸作品也成为时尚的热门话题。

在被改编成影视作品、漫画、卡通、电子游戏、网络版本文本、绘本等的同时，它们又以不同的角度大大丰富了小说原有的思想与形象内涵，反过来推动纸质文本的销售。业内人士把这一状态戏称为纸质文本的“带电作业”。

自从20世纪80年代以来，金庸的小说一直是中国内地与港台地区乃至新加坡影视改编的焦点，不同版本层出不穷，创造了武侠小说空前的收视率与经济效益。

此外，金庸武侠小说提供现实的当下快乐，也为某种程度的文学民主提供了可能。

所谓文学民主，就是指文学作品的解释权、评判权和鉴赏权，不再是少数作家、评论家垄断的专利。人们对它的解释、评判和鉴赏，可以随心所欲，自由选择，彰显个性，不必完全听命于文学权威。

民众的心理、欲望、动机，更直接、也更有力地支配了金庸武侠小说的创作。而金庸武侠小说，则为民众大规模积极参与文学活动提供了可能。

《20世纪中国文学大师文库·小说卷》：“20世纪中国小说史不能没有金庸。没有金庸的这种小说史是存在的，但必定是残缺不全的。通俗武侠一向不登大雅之堂。但把它写得如此充满‘文化’意味，既俗且雅，使俗人在激荡中提升，又令雅者不仅不觉掉价而且也被深深熏染，并津津乐道，金庸不能不说是前无古人的第一家。既是中国现代武侠小说中开辟新纪元的第一家，也是迄今在这一领域尚无人超过的第一家。”

人生苦短，但苦短中有那么多的壮气文字。世事无常，无常中却有那么多的恒久刚气。

多年以后，江山淘尽，万古长空，回首处，沧海一声笑，豪情还剩了一襟晚照。

32

“

《中国基础教育课程改革十年》(湖北教育出版社 2013 年 12 月版),中国教育科学研究院课程教学研究中心编著。其基本架构是“总—分—总”的思路格局:第一章梳理十年来我国基础教育课程改革的基本进程、主要经验和推进策略,总体勾勒十年课改的全貌;第二章至第十一章分专题、分领域分别探讨基础教育课程改革中所涉及的主要问题,包括基础教育课程与教材的管理制度创新、义务教育实验教材使用、课堂教学改革、中小学生学习方式、校本教研实施、教师适应新课程改革、课程资源开发利用、综合实践活动课程实施、评价与考试制度改革和当代国际基础教育课程改革的趋势与启示等,基本是以现状—问题—对策的写作思路展开;第十二章是深化我国基础教育课程改革面临的挑战和对策建议。该书既是对课程改革十年的现状分析总结,又是为推进课程改革提供的政策咨询。

”

水分流处见江湖

读《中国基础教育课程改革十年》，掩卷，默然。

从幼儿园开始，我们的学校就是江湖的预科，有的比江湖还江湖。

黄庭坚说："桃李春风一杯酒，江湖夜雨十年灯。"

人生十年就是一个节点。

古人说十年寒窗苦读，然后应考出头光宗耀祖。

今天我们的基础教育，也是十年。

可是，我们十年点起的都是些什么灯？是点灯还是灭灯？

当教育拐了一个弯，碾碎的哪只是十年。

有的人本来很平常，但在不平常的时间里与不平常的燃灯人相遇，就成了不平常的了。

有的人本来不平常，但在平常的时光里与平常的灭灯人相遇，就成了平常的了。

谁平常？谁不平常？

一生一世都在美其名曰寻道的人，言之凿凿：为的就是有朝一日闻道，得道。

也是在迷迷糊糊中殉道吧？

走在一个方向错了的路上，算不算是迷路？

常常看着一些人在各种场合各种媒体上，口若悬河地信誓旦旦、吹牛表态，就忍不住发一小会呆：

一个人是如何从一个清清白白、凛然傲然的少年青年，学会虚假逢迎的？是怎样一步步朝着自己最不喜欢的方向滑落的？是怎样一天天变成他们少年时自己最厌恶的人的？

而那些一上来就仿佛少年老成，浑融圆熟的所谓练达青年，是如何熟门熟路地一下子俗不可耐的？

铺天盖地的都是少儿兴趣班。

童年、少年时的许多喜欢和爱好，是真的喜欢，还是一种虚荣心？

是孩子的虚荣心还是家长的？

如果是虚荣心且这虚荣心特别强，可能会将错就正，一路持之以恒走下去，说不定就真的成气候了。

而那些稍息就过去的，没有获得想要的名声就偃旗息鼓放弃的，是不是人工造雾一般，只留下一片云烟？

有教书法的班，声称几个月就可以把孩子教成小小书法家。

书法这东西就是个神器，看看古代，从明主贤君到独夫民贼，从乡间秀才到朝中大臣，从江洋大盗到贩夫走卒，谁不会一挥毛笔来上那么一幅。

不管是啥人，就是占山为王的山大王、土匪、烟花女子，只要会来上一副行草，就会觉得是世家了、书卷了、隐士了。

因为一笔一画之间，其实是多年苦练的功底，是学养，一帧一墨之上，是性情，是志向。

可是现在那些所谓的书法家，走场一般晃动在各种场合的，字写得像鬼画符的，你实在分不清他是书法家还是书法活动家。

更别说声称教书法几个月，就可以把孩子教成小小书法家的了。

一些发财了的教育机构，越来越牛气哄哄，有钱有势，任性，爽。

这状态，古亦有之。

晋朝那个与王恺斗富的石崇，隋朝的那个杨广，唐代那个王元宝，元末的那个沈万三，明朝的那个严世藩，清朝的那个和珅。

可是你知道那些有钱有势任性的人，都是个什么结局吗？都是怎么死的？

面对《中国基础教育课程改革十年》，读，被读。

有多少不解的？有多少理解的？有多少曲解的？有多少误解的？又有多少剖析的？

记得少年时，一心一意要成为作家，像写出《简爱》《呼啸山庄》的勃朗特三姐妹那样的女作家。温文尔雅，低调静默，雪莲般美好。

不知有多少次，在梦中遥遥望见作家天地里的楼门洞开，隐隐约约看见楼上一间房间里，有一个自己的座位。

长大后才发现，原来很多作家也就那么回事，看起来并不风雅，男人不怎么绅士，女人不怎么淑女，大多都和里巷之人一样俗气。傲骨者，寥寥；媚俗者，多多；静默者，寥寥；喧嚣者，多多；为文学者，寥寥，为声名者，多多。且跟着体制无骨拍迎的，比比皆是，纵使是那些所谓的同道者之间，也会时而短兵相接，你揭我的短，我揭你的疤，你黑我一笔，我抽你一梯，相煎太急。

于是当作家的梦破了，灭了。

难怪当年苏东坡说："风自远来闻笑语，水分流处见江湖。"

水分流处，见江湖。

第四章 最悲哀的不是生命流逝

33

“

虽然知道保罗·高更作为法国后印象派画家、雕塑家，与梵高、塞尚并称为后印象派三大巨匠，但一直对他不太喜欢。

读《此前，此后：高更回忆录》（江苏凤凰文艺出版社 2019 年 2 月版），是基于它的推荐语：“法国‘后印象派巨匠’高更的内心独白。《月亮与六便士》原型人物，满地都是六便士，他却抬头看见了月亮。一个憎恶被文化束缚的野蛮人；一个具有泰坦精神的人；一个拆毁玩具再重新组装成其他玩具的孩子；一个喜欢否定和挑战的人，他更喜欢红色的天空而不是大众所常见的蓝天。”

这本传记写得有点散乱，很多地方像是记录梦境，没有后续。

也许在这样一个画家眼里，生活本身就是由零碎的小块拼接而成，支离琐碎。

”

雪泥鸿爪

人间欢情是世间哀、恶、不义的一种补偿，虚幻却温馨。

最长于此者莫过宋词，满满的温情，爱恨情仇，生离死别，几乎没有对人本质上恶和欠缺的认识，也没有与之相连的哀情。

薄情的人一定是长期被人薄情地对待着，欺骗的人也是常常被别人欺骗过，留在心里，发芽生根，然后开始对外散着毒花粉。

悲观是人生的终极，而支撑人活着，且活到最后的，是一些短暂而飘渺的温情和光亮。

从精微之处参悟到悲观，继而延伸到总体，抑或从总体悲观参悟到精微，都会使人仁慈又旷达：一切都会稍纵即逝，谁人都逃不脱，没有谁不可怜可悯。

我们从何处来？我们是谁？我们向何处去？

高更作品最震撼人心的，是那幅油画《我们从何处来？我们是谁？我们向何处去？》（*Where Do We Come From？What Are We？Where Are We Going？*），创作于1897年，现藏于美国波士顿美术馆。

内容异常繁复：一片热带丛林中，一群不同性别、不同年龄的裸体人物，最右边，是一个刚刚诞生的婴儿，象征人类的诞生。中间，是一个正在采摘苹果的青年，寓示人类的生存发展。最左边，是一个老妇，代表人类的生命将终结。

整幅画展现的是人类从生到死的三部曲，散发一种神秘的魅力。画面中，正在采摘野果中年人，暗示亚当采摘智慧之果。他的右边，坐着三名女子正热烈交谈，旁边是个熟睡的婴儿。远处，两个穿长袍的母女相互搀扶走向远方。他的左边，分别是小女孩、青年妇女和老妇，她们神态各异，各自独立，象征人一生中三个不同阶段。远处，是一尊神秘而古怪的神像，神像两边正在祈祷的妇女。地面上，还小猫、黑山羊、鸟和蜥蜴等。

高更一生充满传奇。

年轻时当过水手，到过世界许多地方。后来改变生活，从事证券交易，挣了不少钱。接下来，娶妻生子，生活幸福，开始进行画画和收藏。

但是，不知从何时起，他日益厌倦文明世界暗藏的欺骗和狡诈，渴望回归人类的淳朴、自然幼年状态。

为此，他放弃拥有的一切，两次到太平洋南部的塔希提岛画画、生活。

慢慢的，他在岛上的生活贫困潦倒，疾病缠身。此时恰好传来他最爱的小女儿的死讯，他精神彻底崩溃，服毒自杀。

但自杀未遂。1897 年，在深度悲痛中完成《我们从何处来？我们是谁？我们向何处去？》。

每个人进行的深层自我教育，都像是各自走在通往秘密兄弟会的路上，以自己特有的接头暗号寻找同道。

你手里拿着兄弟会的地图，去寻找图上的小旗帜。小旗帜找完了，秘密地点和同道之人自然也就在你面前了。

一流的文字和艺术都是作者的“心史”，只能领悟不能证明。而领悟的基础是在共同精神结构上的感同身受。

你所领悟到的那些敏锐冷静的观察，感性又理性的表达，超越流俗之见，都是游走的灵魂对话，都是你和同道共有的小旗帜。

一听到说谁谁是“复杂矛盾的人”就不禁莞尔：有不复杂矛盾的人吗？

有的人让你深夜披衣凝坐，有的人让你鸡犬之声也不愿相闻，有的人让你一想起来就漾起微笑，有的人让你碰到就想迅速走掉。

“退一步海阔天空，让出三尺又何妨。”看起来如此的一些大度，知进退，很多时候不过是顺势退出，挂白旗走人。

而对一个男人来说，舐犊之情温润如水。但是如果永远舐下去，犊就会长不大，最后因无力驰骋田野而成为残疾。

相濡以沫温润如玉，也是一时之德权宜之计，如果永远濡下去沫下去，就会在濡沫中日渐枯瘦，一辈子都不知江宽湖浚。

有了一个淡淡的目的和目标，许多微茫的快乐就集中了，不停地变化着。

可是，平淡平淡，如果一味地平下去，就会枯涸索然，接下去就会渐渐消失，几近于无。

《我们从何处来？我们是谁？我们向何处去？》是高更对人生的总结，也是最后的彻悟。

居住在小岛上的高更，是在放逐自己，在精神层面追逐心灵中的人类乐园。

但是，他对文明人无法解脱的迷茫、忧伤、困惑和焦虑，依然深刻。画面中就是以象征手法，把这些化成人类原始的记忆、真实的现在、遥远的未来，呈现出来，解答了人类从何处来，当下如何，将往何处去的终极问题，让自己的灵魂得到解脱和升华。

画面中，有山峦、热带雨林和海洋。每次看这幅画，都会联想到热带雨林，联想到江南。

江南，地是绿的，石头是绿的，井台是绿的，空气总像刚刚下了雨。

最期望的生活是江南，城里有个院子，乡下有一片地，有空就去自己的地里走走，回家后脱下来的袜子上都是野花香。

淡蓝色牛仔裤配着白色衬衣，总有山高水长的安然。

可是，如果抽掉日常的辛苦努力，理想中的小院子会不会有塌下来的样子？

如果仅仅依靠劳作土地活着，从田地里回家脱下的鞋子，会不会就是梵高笔下的《一双鞋子》? 破旧, 硬梆梆, 沉甸甸, 浸透着寒风料峭和贫困的焦虑。

欢乐和悲哀都经不住细细咀嚼, 欢乐嚼着嚼着就有悲哀出来, 悲哀嚼着嚼着也有欢乐隐现。

读万卷书, 行万里路的妙处, 就在于时而可以看到一些让人瞬间惊喜的东西, 然后因惊喜而快乐。

这样的快乐其实是小的, 一闪一闪的, 像夏夜微风中的萤火虫。然而就是那一点一闪, 夜幕就值得期许了。

看到有人能够把人世间一件件的糊涂事、一个个的模糊情, 一两句话、一幅画就能说清楚了, 佩服得身心愉悦, 放下书去菜市场都觉得脚底生微风。

34

“

喜欢林徽因、梁思成由来已久。

《梁思成林徽因》是由胡劲草执导的纪录片，片子的推荐语犹如一个长镜头，吸引人向它的纵深处走：“2007 年秋天，一些尘封多年的私人收藏，把我们带到美国东北部新罕布什尔州一处浓密的森林中，这里曾经住着一位享誉世界的历史学家：费正清，一位在西方世界开创了中国近、现代史研究的学者。他诸多有关中国历史的鸿篇巨作在这里诞生，同样在这里，小心翼翼地保存着半个多世纪前费正清、费慰梅夫妇和梁思成、林徽因的亲密交往…… ”

”

大地没有
脚印的痕迹

微雨之后的傍晚，一边煮粥，一边在线看纪录片《梁思成林徽因》。

这部 8 集纪录片，每次煮粥的时候就看一点，看着看着，不知不觉就快接近尾声了。

一抹斜阳照在厨房后窗的玻璃上，有琥珀色的树影，摇曳，轻移。

似乎很久没有看到这类风格的纪录片了：黑白的色调，舒缓的音乐，沉静的解说。大量的旧照片，安静的旁白，纪实的家书，足以让人沉浸到那逝去的年代。

如珍藏经年的旧宣纸上，有数点梅花，或一叶芭蕉，清寂、淡然、宁静、辽远，背后却满是落笔宣纸者的亲情、友情、爱情、赤子情、天地情。

影片记录的梁思成、林徽因在抗日战争爆发的那一段，最为怆然。他们在漂泊西南一段日子后，定居在李庄，在那里一住就是五年。

尽管依然痴心于中国建筑研究，他们却不得不陷入战时生活的贫病交加。梁思成写给费正清、费慰梅的求助信中说：

> 此时我向你索要书籍杂志，而徽因也正向慰梅索要旧衣服，看来，我们已经完全沦为乞丐了。

战乱之年人命如草。即便是身为一代名门望子之后的梁思成、林徽因也不能幸免。

好不容易新中国成立了。

解放后，他们以为可以放开脚步施展才华，全力为国抢救保护那些珍贵的古建筑，特别是北京城内的古建筑。梁思成多次强烈呼吁，奔走各个相关部门。

可是，就像是一个人对着铺天盖地而来的暴风雨呼喊，拼尽力气也无济于事，现代化的摩天大楼还是一一取而代之、接踵而起。

看影片中梁思成、林徽因 20 世纪 50 年代以前的照片，几乎全是容光焕发、自信潇洒，那种内置于心灵深处的追求、理想信念、深邃思想，熠熠闪烁在他们的神情里，让他们看起来就像北方天空下早春的白桦树，伫立幽窗前，笑得自信，静得安详。

1955 年林徽因骑鹤西归后，梁思成不管是独自一人留影，还是多人合影，照片上的他神情多是茫然。

而后，他写下的那篇表达对党的热爱文章，他不再专注于建筑研究，而是热心于社会工作，不再安于宁静的书房、亟待抢救的古建筑……

一个社会，可以让原本应该闪烁的人失去白桦林般的光泽，也会让原本人生方向明晰的人，陷入不由自主的迷途和荒原。

从他们二人早年留学美国，到 30 年代中期回国报效；从抗战期间的乡间潦倒，到解放前夕的决然留在大陆；从 1949 年初的一腔痴情，到各自的萧然离世，我读到最重的两个词是：深情、苍然。

渺小的个体在国家和时代洪流中总是微不足道，这是大多数人生存的真实境况。有心报国，却无力回天；有成于事业，却无力于强权；坚韧于前行，却无奈于困境。纵使是拼尽一生，也掌握不了自己喜欢的方向，更别说自己倾情的家国事业。

空悲切：行万里路，读万卷书，做万件事，到头来，结局都是抱憾和无奈。

他们的儿子梁从诫曾经说过这么一句话："梁家自梁启超先生起，祖孙三代都是失败者。"

在中国这片神奇的土地上，自古以来谁人不是失败者？屡战屡败，屡败屡战，代代重叠，也许就是这个大地上所有人的宿命。

林徽因的那几句短章轻轻滑过银幕时，像是自问，又像是无解：

什么时候

又什么时候

心才能懂得

这时间的距离

山河的年岁

片尾的那个画面最为意味深长——高大盛密的树林深处，有一束光穿过。

而亮光下，有一片黄叶，伤痕累累，斑迹重重，随着看不见的风，在翩然飘落。缓缓地，缓缓地，落向枯枝枯草遍地的林间地面。

这是在喻示梁、林二人生如夏花之绚烂，死如秋叶之静美？还是在暗示每个人的人生其实都是那么千疮百孔，不堪细看？

而后，树林深处的那束光逐渐拉远，最后到若有若无，像是苍茫西部草原上，惨淡夕阳散发的仁慈；又像是清晨塔顶上，声播杳杳的沉沉钟声；或是无边沙漠胡杨枯树林边，有马头琴演奏的《鸿雁》响起。

结尾处，林徽因的那首小诗从银幕上飘过，好似写给每个人永别此世时的内心独白：

当我去了，还有没说完的话，

好像客人去后杯里留下的茶；

说的时候，同喝的机会，

都已错过，主客黯然，

可不必再去惋惜它。

如果有点感伤，

你把脸掉向窗外，

落日将尽时，

西天上，总还留有晚霞。

天空没有翅膀的痕迹，而鸟儿已经飞过。大地没有脚印的痕迹，而我们已经来过。

35

“

《孔雀》，这部拿到第55届柏林电影银熊奖的处女作，虽然不为很多人知晓，但是作为优秀的影片，其价值就在于它总能让一些人牢记心底，而且任何时间段都可以看到它在现实中的影子。《孔雀》，由顾长卫执导，张静初、吕聿来、冯瓅主演，于2005年2月18日上映。

在20世纪七八十年代北方小城市安阳，姐姐二十出头，消瘦清秀，有一种清教徒似的气质，但内心刚烈执拗，可以为了梦想狠得下心；哥哥二十三四岁，小时得病落下轻微脑疾，但以为他笨的人，往往还不如他心底里透着明白；弟弟十七八岁，敏感、忧郁，内心过于丰富，以至于人累得有些慵懒，这样的孩子，未来捉摸不定。

未尝过艰辛的人，只能看到世界的一面，而不知其另一面。

”

最悲哀的不是生命流逝

艺术，是人类自身生命自审的结晶。

文学艺术的终极追求，就是要揭示人的生存和思维状态，表现对人的价值、人的生存意义的关注，对人类命运、人类痛苦之解脱的思考与探索。

而人类的悲剧性，决定了悲剧意识，所以，深刻的文艺作品都会表现人存在的悲剧性。由李樯编剧、顾长卫导演的电影《孔雀》，正是以对平民生存之悲的沉思，在看似不是悲剧的悲剧里，表现深切的悲剧意识、悲悯情怀。

人类的悲剧意识，源于人类的悲剧性。

现代历史学家汤因比，把人类文明的起源和发展，归结为挑战与应战，最能体现人的悲剧性。所谓挑战，是指人的生存受到根本性的威胁和压力。所谓应战，是指人对这种根本性的威胁和压力进行有效的抗争。

由于挑战给人带来的根本性威胁，具有超常规性和不可预料性，人对它的把握能力是微弱的。同时，人的应战往往又是一场场前途未卜，而非胜券在握的斗争，因此就会激发强烈的精神力量。

挑战的非理性，应战的超理性，共同构成了人类的悲剧性。

悲剧意识是人对现实悲剧的一种体察，一种文化把握。就文学而言，在西方，从古希腊的命运悲剧，到莎士比亚的性格悲剧，到易卜生的社会悲剧，到奥尼尔的当代悲剧，都是围绕西方人的悲剧意识展开的。

中国的悲剧意识也广泛存在文学艺术中。刘鹗在《老残游记·自序》中说：

> 《离骚》为屈大夫之哭泣，《庄子》为蒙叟之哭泣，《史记》为太史公之哭泣，《草堂诗集》为杜工部之哭泣，李后主以词哭，八大山人以画哭，王实甫寄哭泣于《西厢》，曹雪芹寄哭泣于《红楼梦》。

爱情和死亡，自古至今都是中西方艺术悲剧意识的共同主题。或者惊鸿一瞥，或者电光石火，故事都有各自的震撼人心：不是你死我活，生死离别，就是阴谋诡计，刀光剑影。

然而，与它们截然不同的《孔雀》，则是以它波澜不惊的人物故事，从另一个视角表现人生的悲剧意识。

影片讲述的，是上世纪七十年代末八十年代初，一个普通家庭的寻常故事：

一个五口之家，有三个孩子，哥哥、姐姐、弟弟。哥哥因儿时患病变得弱智和蠢笨，使他无法进入正常人的生活。不断受凌辱，不断变换低劣的工作，不断让全家人丢脸痛苦，他自己却毫不知晓。

姐姐和弟弟曾暗暗合谋，要用鼠药毒死哥哥。哥哥却大难不死，还爱上了一个性感女人。但是这恋情，最终不过是一场单相思。家人最后把哥哥送进残疾人工厂，给他娶了个农村姑娘。

姐姐是个地道的理想主义者，对未来充满了幻想。一开始她想成为一名伞兵，在蓝天上飘扬。但事与愿违，她没有被录取，这让她伤心欲绝。她喜爱音乐，认了群艺馆一个老人做干爸。但是干爸不久自杀，人家迁怒于她，骂她是狐狸精。

后来，为了摆脱做刷瓶子女工的枯燥，她嫁给了一个领导的司机。然而，司机忍受不了她对新生活的渴望，和她离了婚。回到母亲家以后，她依然沉浸在对未来的幻想里。

弟弟天性敏感脆弱，他目睹了哥哥姐姐人生的不堪，又受到父母一连串的打击，不得不离家出走。

几年后，出走时尚是少年的弟弟，已经成了青年，带回来一个有了孩子的女人。此时，他对生活已经没有任何追求，提前退休，在百无聊赖中度日。

就这样过去多年，在春季的某天，他们兄妹三人各自带着家小来到动物园看孔雀。故事到此结束了。

与许多经典作品表现政治悲剧、历史悲剧、自然悲剧不同，《孔雀》展示的是大众平民的日常悲剧。

首先是家的悲剧。

在人类的情感深处，对家从来都充满留恋，充满向往。

家，是温暖的代名词，是人休憩身心、调整身心的港湾。所以，每个人回家的路总是让人倾心。尤其是对于那些在名利场上，拼杀得遍体鳞伤的战士，那些在茫茫旅途中，四处寻觅的游子，家，不仅是人生之旅的始发港，也是最终要回归的目的地。在人的意识里，浩瀚宇宙、苍茫世界，唯有家这个小小地方才没有尔虞我诈，没有虚伪、欺骗与背叛。

罗斯金这样说："这就是家的真正性质——它是和平的地方，避难所，不但免遭一切伤害，而且还免遭一切恐怖、怀疑和分裂。"

然而，《孔雀》里的五口之家却与此相距甚远，沉闷、压抑，亲人之间充满了隔阂、疏离，甚至伤害与扼杀。

第一是来自父母的伤害。在人们的记忆里，家之所以温暖，是因为有如山的父爱，如水的母爱。父亲给孩子以精神支撑，母亲给孩子以温馨关爱。尤其是母亲，她的伟大就在于对孩子不分美丑，不论成败，一视同仁，细腻，真切，如春风化雨。就像弗洛姆说的那样："一个母亲爱她的孩子，只因为那是她的孩子。"

然而，影片中的母爱却以反人性的压制、打击甚至扼杀出现。她不理解女儿的梦，扯坏了女儿自制的蓝色降落伞。她给反抗强烈的女儿注射镇静剂，让她安静下来。她协同父亲，暴力地把馒头塞进绝食的女儿嘴里。

父爱也是如此。外表看上去软弱无能的父亲，却对儿女那么强硬。他把小儿子青春期的躁动，视为大逆不道。当他无意间看到弟弟夹藏在书本中的裸女画像时，拳脚相加，严重伤害了弟弟的人格与心灵。

其后弟弟与果子的同性恋，对年长女人的从属与依恋，萎靡不振地活着，都与父亲的暴力紧密相关。

兄妹兄弟之情，在这个家庭里也是极度枯燥乏味，令人恐惧。弟弟因为虚荣，拒绝认给他送伞的哥哥。在哥哥被同学误认为是流氓时，羞愧难当，把伞尖戳向了哥哥。姐弟二人为摆脱弱智哥哥的拖累，竟然合谋要对哥哥下毒。

父母和孩子之间，也没有情感沟通，没有亲情交流。成年的弟弟，有一天父亲用自行车驮着啤酒带他去托人找工作，半路上他看到父亲被恶狗吓得仓皇后退，把自行车都带倒了，两捆啤酒砸的粉碎，竟然哈哈大笑。父亲恼怒万分，冲上去给了他一记耳光。

“人生最大的悲哀不是人会消亡，而是他们会终止相爱。”毛姆的话点穿了人与人之间的生活悲剧。

在这样一个荒漠的家里，人人都觉得寂寞、冷清、凄寒。弟弟最后选择了离家出走。

其次是爱的悲剧。

在人们的生活和世界里，最让人动情的莫过男女相爱。可是，影片中三兄妹的爱情无一例外都苍白、错位，扭曲、不平。

笨拙迟钝哥哥的青春梦，从迷恋那个大眼睛高挑个儿女工开始。为了见她，他竟然一时情急，把自己的师傅锁进了冷库。他在纺织厂门口等高个子女工的样子，十分投入、虔诚。可那个女工根本不领他的情，接过他的向日葵，竟然坐上别人的自行车悠然走了。后来，他和那个农村姑娘结合了，但不是为爱情，只是为生存。

充满青春幻想的姐姐，也没获得浪漫的爱情。她曾对那个年轻伞兵产生羡慕和温情，伞兵也对她很欣赏。然而，她却硬生生把这美好的情怀，当作她成为伞兵的途径，伞兵最后只能悄悄离开她。

她骑车带着降落伞飞动的样子，吸引了厂里一个小伙子的注意。当小伙子把捡到的降落伞送给她时，却被她误认为是要她的身体。为了要回降落伞，她在树林里在他面前脱下裤子。小伙子悲伤欲绝，用猎枪射伤了自己，对她的爱情也随着枪声消失了。

她和那位会拉手风琴、会跳朝鲜舞老人走近，可以说是一种扭曲的恋情。她最终嫁给那个司机，也不是为了爱情，而是为了摆脱自己的处境。

弟弟曾跑过几条街，去追那个帮他摆脱尴尬、羞辱的女同学，女同学却告诉他自己只是可怜他，根本瞧不起他。

父亲因为他藏了青春偶像图画，殴打他，羞辱他，从那次起，他的青春其实就已经结束了。他和那个带孩子的女人结婚，是一连串情感受辱后的归依：在情感世界里，他早已失去了自己和真实。

兄妹三人的所谓爱情，都是这样富于悲剧性——爱他的，他不爱，也不理解。他着迷的，却不爱他。到最后，全都蜷缩在无爱的婚姻里苟且偷生，行尸走肉一样活着。

再次是梦想的悲剧。

人理想的受挫与失落，会加深悲剧感。每个人都有的梦想，特别是年轻人。生活在四十年前的这家年轻人，尽管环境恶劣，生活困顿，卑微低下，也一样有梦。

姐姐最大的愿望是当个女伞兵，飞上天去。这是那个年代少女的普遍梦想。但是她的梦破灭了。痛苦，伤心，绝食，自我折磨，都无济于事。她唯一能做的，就是做一个蓝色降落伞，绑在自行车后座上，从喧嚣的街道飞驰而过，给自己的梦打个结。

她也喜欢美妙的音乐，为了接近音乐，她遭到一顿残暴打骂。她想改变目前生活，并为此嫁给不爱的司机，可是，她婚后不过是从刷瓶子变成了烧制瓶子。

呆头呆脑的哥哥也有对美的追求，他给喜爱的大白鹅洗澡，无比快乐舒心。可大白鹅被毒死了。他也喜欢歌，为听歌，在女厕所边被当作流氓挨了一顿痛打。

除了上班，一天到晚他都捧着书本，沉在自己的世界里，逃避现实。而最终的生活，却是远离书本，和同样残疾的农村姑娘开个砂锅铺子艰难度日。

瘦弱灵秀的弟弟也有梦想，他想跟姐姐一样当伞兵。他借钱给姐姐，悄悄支持她。他渴望温情，渴望善良，对那个为他解嘲，给他帮助的女同学，他飞一样追逐在人家自行车后。他把自己的异性偶像，画在纸上，藏在书里。

可是，当他目睹了哥哥姐姐的悲剧，经历一连串打击摧残，流浪漂泊后，他的梦想已无影无踪，甚至连拼搏新生活的活力都没有了。他只愿意在家里洗衣服带孩子，在街头和老人们下下棋，消磨时光。

影片以不动声色的叙述提醒我们，生活就是这样干枯、凄冷、寂寞，荒谬。家的荒漠，爱的无着，梦的破灭，每个人都活得无助又无奈，在看不见的悲苦深渊。

这样一家人艰辛生活的情形，正是四十年前千千万万中国平民家庭的缩影。在不断翻新的政治运动中，他们失落了许多人性之光。在各级颐指气使的行政领导面前，丧失了人的尊严。在捉襟见肘的经济收入之下，丢掉了生存的从容。

他们像蝼蚁一般卑贱，像哑巴一样寡言，像沙漠一样干枯，像死水一样沉寂。

影片中，父母为儿女的工作，为最起码的生存，卑躬屈膝地给人送礼，给人笑脸，给人塞钱，然后对自己和家人极度节约，极度冷漠，极度苛刻，极度压制，在日常生活里司空见惯。

仅仅为了活着，已殚精竭虑，疲惫不堪，弯着腰，屈着膝，哪里还有心灵空间容得下温情和关爱？仿佛从来就没有过改变的希望，一直在绝望深渊。

这就是《孔雀》对平民生存之悲的沉思与悲伤，就是《孔雀》的人生悲剧意识。

影片结尾处，姐姐在摆弄西红柿，痛彻心扉，伤泣流泪。弟弟深沉忧郁，近乎凄绝，他的画外音响起：

“每次想起 70 年代的夏天，全家人在走廊里吃晚饭的这一幕，我心里老是很感伤。”

“很多年过去了，我还清楚地记得，70 年代的夏天，我们一家五口，一起在走廊里吃晚饭的情景。”

“那一年冬天，爸爸突然去世了，妈妈变老了，我们还好。”

“我们还好。”——这句结语太绝妙了。

普希金说，生活中有一种“暖色调”的“明亮的哀愁”，悲伤在看不见的最深处。

人生最深的悲剧，就在于对痛苦的默默承受，日复一日，年复一年，无限循环。

正是在弟弟对生存悲剧默默的接受和认同中，我们感受到了影片悲剧的深刻性：

人，最悲哀的不是生命流逝，而是认同生命就是这样流逝。

36

“

影片《战马》改编自英国桂冠作家麦克·莫波格的同名小说，由史蒂文·斯皮尔伯格执导，杰瑞米·艾文、彼得·穆兰、艾米丽·沃森等联袂主演。影片于 2011 年 12 月 25 日在美国上映。

影片以一匹名叫乔伊的农场马的视角展开，1914 年第一次世界大战爆发，一个英国农场少年阿尔伯特的父亲为了维持农场，无奈之下将乔伊卖给军队，为前线运送军火物资。阿尔伯特和他心爱的马不得不分离，但他们被分离的命运又因为第一次世界大战又重新交叠……

”

人可生如蚁
而美如神

作为影片文本之亮点

其一，改编自英国桂冠作家麦克·莫波格的同名小说。

绝大多数电影都源于小说。当文字故事火起来之后，必将会有人把它搬上银幕。因为小说是小众的，银幕是大众的，是大众文化。

其二，由史蒂文·斯皮尔伯格执导，杰瑞米·艾文、彼得·穆兰、艾米丽·沃森等联袂主演。这些当今世界一流的电影人，其名人效应不可估量。

因为，没有几把刷子的人，不能进入这个行列。

其三，影片于 2011 年 12 月 25 日在美国上映，两个半小时，场面巨大，高制作高成本。美国电影影响力首屈一指，它不仅是一种商业行为，更是带着梦想的娱乐诉求——美国电影传达的是各种各样的白日梦，它也更是现实主义，是社会良心，加上一流的国际传播，全世界好莱坞只此美国一家。

作为故事文本之亮点

时间：第一次世界大战前后，这是人类历史上具有里程碑意义的时间。

地点：英国乡间，一个农场，最具有英伦风格的地方，自带迷人光环。

人物：农家少年阿尔伯特和他的父母一家三口；一匹叫乔伊的骏马；军人克尔斯上尉、司徒尔特少校、上尉沙利耶韦弗利、几名高地大兵，美丽可爱却早夭的小姑娘艾米莉，还有深爱她的祖父。日常和战争中的人物要素皆备：男女老少各色人等。

情节：1914年，在德文郡小镇，男孩阿尔伯特目睹了幼驹乔伊的诞生。在集市上，它被频繁叫价，最终被阿尔伯特跛脚的父亲泰德用30基尼的天价买下，父亲也因此得罪了地主。阿尔伯特与乔伊尽情嬉戏，与朋友分享。

但好景不长，地主登门，称如果乔伊不能犁地将立刻将其带走。于是泰德赌上了全部家当。阿尔伯特在逼迫之下，为乔伊套上了鞍蹬，强迫它犁地，甚至还使用了皮鞭，却不能让它屈服就范。为了还债，泰德亲自上阵犁地，功夫不负有心人，辛苦换来了收成，但是一场大雨毁了一切。

德军来袭，父亲被迫将马变卖给骑兵军，换了30基尼。阿尔伯特虽然难以割舍也只能含泪送别乔伊上战场。战争中，乔伊的主人不停在变，从英国上尉，法国老农与孙女，到德国骑兵，然而它真正等待的是阿尔伯特，最终他们幸运重逢，一起回到农场的家。

作为意义文本之亮点

意义之始与终：通过骏马乔伊历经的6个主人，展现漫长的战争生涯，呈现战争的持续性和惨烈，在乔伊和主人公历经战火后，依旧勇敢而幸运地活了下来，最后走到一起，一起回家的结局中，歌颂人和马之间的永远忠诚和永不抛弃。

天与地与人：在劳碌甚至残酷的生存现实里，人与马、马与马、人与人之间，有悲悯，有怜惜，有懂得，有互助，有你死我活的敌对，也有握手言和，人性深处皆有善的光辉；同时，万物平等，共在天地之间。

人类之生存折射：平时，有贫穷与富有、邻居与家人、沉重与亲情、劳作与收获、希望与失望。战时，有参战与反战、人与马、马与马、人与人、敌与我、残酷与温情、兽性与人性、承诺与行动。

细节戳人泪点：最触动人心的，都是细节。

- 穷苦醉酒的老农，阿尔伯特的老爹，只是路过马匹拍卖场，是个路人，却用 30 基尼拍到了马。
- 傲慢的地主，带着随从来逼迫阿尔伯特的老爹交租，盛气凌人，却没有大打出手，还保持着彬彬有礼。
- 阿尔伯特的老妈，穷困无依，却没有逼迫丈夫把马交给地主以抵租金，她选择了尊严。
- 街头，拍卖马时，军官没有利用武力蛮横低价抢购，而是在阿尔伯特的老爹讨价还价时，让他的 20 基尼加码到 30 基尼，还承诺要好好对它。
- 乔伊在战场上被俘，没有遭受敌军的毒打虐待，敌军的士兵把它当成好朋友对待。
- 小姑娘艾米莉把马藏在寝室，自己躺在床上，应对即将闯入的大兵；大兵只是拿走粮食和马，却没有把农庄翻到底朝天。

· 艾米莉的马被强迫征走时，没有出现我们常见的抓住马不放，被拖行在地，哭号无状，惨痛万分，而是看见爷爷和士官之间一句意味深长的对话："你是个明白人。"无论何时，都给人以尊严。

· 乔伊为了照顾自己的朋友，主动钻进了马套，拉着大炮苦苦挣扎。

· 惨烈战争中，溃败的逃兵没有为了避免敌人得到乔伊而枪毙它，而是叫它跑，快跑。

· 士兵被命令就地枪杀逃兵，在即将开枪时，他选择自己冲上前线，也不愿意枪杀懦弱的队友。

· 无人区两个士兵救完乔伊后，没有为争夺乔伊打成一团，而是选择投硬币让运气决定。

· 医生被救马的义举感动，但没有主动为战马疗伤，而是选择枪毙这匹救治无望的战马。人道主义关怀无处不在。

· 战争结束，没有人争抢战马，而是选择自由拍卖，体现公平公正原则。

· 士兵们想帮助队友击败有钱人拍卖战马，但是最终选择让艾米莉的爷爷拍得战马。慈悲为怀，人间深情为圣。

· 艾米莉的爷爷没有把高价拍得的战马据为己有，而是慷慨地将马送给了士兵。仗义，大气，情义厚重。

· 阿尔伯特凯旋，特写镜头不是落在英俊的战士脸庞，而是落在雕塑般油画感的父亲和母亲的凝视，然后是夕阳下剪影式的握手。

整个故事哀而不伤，不是一场煽泪的苦情戏，而是在生命的尊严前，人类还能找到普世的价值。

电影的基本语言——画面与声音

故乡原风景般的英国，法国原野的唯美画面，震撼人心的静美和一望无垠。

善于进行明暗对比，以战火和夕阳为主色调的暖色调画面。

影片的摄影贾努兹·卡明斯基，拍摄了自1993年《辛德勒的名单》起斯皮尔伯格的所有电影。

影片的剪辑，由斯皮尔伯格的老搭档、剪辑迈克尔·卡恩完成，取得了黄金般的光影效应。

以影片最后部分为例：先是阿尔伯特在夕阳中，骑着心爱的战马缓缓归来，归途漫漫。地平线遥远、平缓。

然后，似乎心有感应，在家门口劳作的母亲好像感受到了儿子的气息，向远处凝望。摄影师加了橙色滤镜，以强化色调来凸显心情。

接下来，距离家门口越来越近，阿尔伯特的身影越来越大，缓缓地，母亲的身影进入画面。

再看到，父爱如山，深情而悲怆的父亲出现在画面，他看上去更加刚毅。而后，是父子握手，静默无言，传达出英勇精神和坚忍不拔，在男人身上代代相传。

最后，高天之下，大地之上，万物安享，战马伫立，和阿尔伯特一家人相融相契。

同时，《战马》的不同情节插入不同风格的音乐，对表现剧情、人物烘云托月。

创作配乐的是约翰·威廉姆斯，他创作了斯皮尔伯格执导的所有电影配乐（除影片《飞轮喋血》和《紫色》外）。影片中：

起初，画面是小镇、农庄，音乐是平和、宁静的。

当地主到阿尔伯特家时，音乐显得阴翳、沉闷。

到了阿尔伯特带着乔伊学习犁地的那一节，音乐悲壮苍凉。

在乔伊把贫瘠荒芜的田野犁出一道一道田沟时，音乐变得轻快、感人。

在乔伊和另一匹马一起拉大炮时，音乐浑厚、低沉，充满艰辛。

可是，当乔伊与阿尔伯特奇迹般重逢时，音乐焕然一新，动人、震撼、扣人心弦。

阿尔伯特带着乔伊回到家的那一段，是主题音乐《归途》……

影片的诗意之眼：立誓与守誓

乔伊被征入伍，奔赴前线，阿尔伯特要从军但年龄不够，临别之前他对乔伊说："不管你哪里，我都会去找你，我会去找你！"

誓言的秘密：作为元语言事件的誓言，直接将人从赤裸的个体，变为政治个体。从此之后，你不再是你，我不再是我。

阿尔伯特对乔伊的誓容分为两个部分：

主体部分，即保证为真的言语内容。"不管你哪里。"

实体部分，涉及誓言的具体所指。"我都会去找你，我会去找你！"

我们可以把誓言理解为 x+a 的结构: x 是变量, a 是常量。

a 是保证了誓言成为誓言的东西, 没有 a 的存在, 任意说出 x 不过是一句平常的话而已。

誓言的作用: 誓言不是纯粹的道出, 它是一种关系的确立。

誓言、诅咒及其作为见证的神灵, 这种三位一体的方式, 架构了我们最基本的生命形式。诸神是见证人, 也是守护人。

“不管你哪里, 我都会去找你, 我会去找你! ”就是三位一体共在: 神、你、我。

誓言的意义:

一层: 我们信仰神灵, 以诸神之名起誓。

二层: 我们遵循秩序与契约。

三层: 我们会有守誓之福, 也可能有违誓之祸。

誓言的价值所在:

我们相信诸神存在, 天、地、人、神共在一个世界; 我们都在一个信仰体制里, 因此, 无论谁践踏了誓言, 那就意味着践踏了信仰; 在誓言之前, 诸神的存在也许可有可无。由于没有誓言, 我们无法断定诸神的存在, 而出于对伪誓的担忧以及诅咒的必要, 诸神才作为必要的角色出场, 因此誓言也生产了诸神本身。

人为什么需要誓言:

第一, 每个人都是孤独、羸弱的。

第二, 人人未来都充满了不确定性。

第三, 寻求稳定是人与生俱来的一种诉求。

人为何会立誓:

相互依赖,幸福,会孕育誓言;
爱、善良,会催生誓言;

立誓,守誓:

需要付出无私、体贴、关爱、奉献,困难重重,甚至可能会牺牲生命,所以珍贵、神圣。
这都是人间美好的光辉。

《战马》整个主体部分,就是立誓,守誓的过程。
“不管你哪里,我都会去找你,我会去找你!”

表达的意思就是:
我去找你;你值得我找你。
天在,地在,神在,你在,我在。

人生充满劳绩,但还诗意地栖居在这片大地上。
战马和战场:是一场盛大的虚设。随之,就地铺开的是一个诗性时空。
诗性的时间空间:第一次世界大战前后;人类历史上的里程碑。节点三段:战前、战中、战后。

诗性的地理空间:影片涉及的国家,包括英国、法国、德国。涉及的具体空间,有乡间、原野、战场、家里。

电影中的原野、村子、农场、动物等自然之物,都是清晰、实在、淳厚、形象、细致的,能够触动观众的心灵和想象。

意在表达：大地之上，天空之下，万物与人。

诗性的精神空间：

人生劳碌，战争残酷，但人与人，马与马，人与马，有那么多的温情，超越阶层、国籍、敌我、成败甚至物与人……闪烁着人文光辉，向善而行的朝圣者。人和万物，都有超自然性、神性，各自都有自己的诗性精神家园。

诗性的人间群像：

农家少年阿尔伯特的悲悯、善良、勇敢、坚强、无畏、一往无前。他艰辛而坚韧的父母；一匹通人性、带神性的叫乔伊的骏马；不太善却也不作恶的地主；嘲笑却无恶意的同村人；绅士、善意、带着仁慈的克尔斯上尉、司徒尔特少校、上尉沙利耶韦弗利；大量在生死之间拼命却人性依然闪光的士兵；如安琪儿一般的小姑娘艾米莉，深情、刚强又识大体的老祖父。

诗性的场景空间：

例如阿尔伯特和乔伊一起犁地的那一段。天性仁厚的少年阿尔伯特，面对着东家逼债的最后通牒，面对着瘸腿父亲的无奈和恼怒，面对着母亲内心的痛楚，面对着众乡邻的围观，以背水一战的壮气，慈母般的耐心，兄弟般的情谊，拥抱着他深爱的骏马乔伊的头，诉说着，恳求着，像一匹马一般示范着犁地的样子。

最终，他的赤诚之心和设身处地终于赢得了乔伊的理解。风雨交加中，他们彼此配合，一鼓作气把那么一大片土地犁完了，让这个处于绝处的家庭有了播种希望的可能。我知道，是人与马双向的爱心、忍耐、宽厚、灵气，才使得阿尔伯特和乔伊息息相通、人马合一的。

再如阿尔伯特和乔伊分别的那一段。一场意外的风暴侵袭，毁坏了阿尔伯特全家辛勤的劳动果实，东家又来逼债。万般无奈之下的老父亲，不得不把乔伊卖给了一个军人。

阿尔伯特在无法阻止父亲卖马的情况下，要跟随他的马应征入伍。可是,他年龄太小,被军队拒绝了。阿尔伯特看着自己心爱的骏马远去，跟随在后面，跑着，跑着……

再如乔伊失去了理性狂奔的那一段。义气又仁慈的乔伊为了保护那个黑马同伴，自告奋勇去拉武器。它艰难行进、步履蹒跚的样子，随时可能倒下的样子:“我不下地狱,谁下地狱”,舍我其谁的拯救精神。

这种精神岂止是人类才有？有灵性的生命都有。此时的乔伊已经不是一匹马，它是人世间拯救弱者之时英雄的化身，是勇士的化身。

就在乔伊快要坚持不住的时候，这场要命的苦力结束了。但是，它的黑马同伴最终还是倒下再也起不来了。乔伊看着黑马慢慢死去，内心痛苦万千的它失去了理性，开始无目标的一路狂奔——看着无数战士和马匹在战火中惨死的它，没有了主人兼兄弟阿尔伯特，没有了伙伴黑马，在人类相互的残杀中迷失了方向，就像荒野中找不到回家路的孩子。让人想到了人世间失去爱侣、失去亲人时孤独无依的人间群像……

再如乔伊狂奔到无人区，被铁丝缠得动弹不得。此时人类的温情再现了——正在你为死我活的厮杀,而对峙着的英国士兵和德国士兵,为了一匹战马走到一起来了。

先是一个英国士兵为了救乔伊举起白旗出了战壕，冒着被对方打死的危险走向乔伊，其后是一个德国人拿来钳子帮助英国士兵，他们像朋友一般一边聊着一边剪开乔伊身上的铁丝。当他们说一把钳子不够用时，而不远处的德国士兵竟然齐刷刷抛出了许多钳子。

看到此时此景，泪水伴随着欢笑。虽然说走上战场的每个人，都是在为国家而战，但是人和人的温情永远都在，完全可以超越国家利益之线。

再如就在回到英国阵营的乔伊,即将因为重伤而被一枪打死的时候，同样受伤而双眼看不见的阿尔伯特,却因为听到了马蹄声而认出它。原来，阿尔伯特最终为了寻找他心爱的乔伊，已经来到军队参战了。当听到阿尔伯特的口哨声认出了自己主人的乔伊，和被蒙上双眼的阿尔伯特相逢的时候，看着阿尔伯特拥抱住乔伊的头，看着乔伊轻轻蹭着阿尔伯特的脸，听着阿尔伯特对乔伊，痛彻心扉又悲喜交集的发问:“你到世界的什么地方去了？”……

剧终之时，康复的阿尔伯特，带着同样康复的乔伊回到了家。

夕阳西下，余晖洒满大地。到处都是斜阳草树的橙色温暖。

正在劳作的母亲，正翘首以待……

德国诗人荷尔德林说:“人生充满劳绩，但还诗意地栖居在这片大地上。”

我国诗人顾城也说:“人可生如蚁而美如神。”

37

“

《让子弹飞》是由姜文执导，姜文、周润发、葛优、刘嘉玲、陈坤、周韵、廖凡、姜武等主演的剧情片，于 2010 年 12 月 16 日上映。

该片讲述了悍匪张牧之摇身一变化名清官“马邦德”上任鹅城县长，并与镇守鹅城的恶霸黄四郎展开一场激烈争斗的故事。总感觉这片子在深处，大有深意。

”

让子弹飞

今晚，万达影城，17:55，看《让子弹飞》。

亮点很多。最亮的当数其语言的张力。

语言的张力，就是人物语言的震撼力和感染力。

其基础，是编剧的才情与激情，智慧与悟性。

其风格，是畅快淋漓，深刻隽永。

其效果，在雅俗共赏和痛快爽直中引人共鸣，发人深省。

《让子弹飞》语言张力的形成，主要源于编剧采用的异质冲撞手法——把不同质地的语言，如：雅与俗、具象与抽象，形式与非形式，逻辑与非逻辑，简省与复沓，以及互不相干的比喻两极等并置在一起，从而激发语言的张力。

《让子弹飞》，飞起来的不仅是子弹，还有它的语言。

赞！

“要有风，要有肉；要有火锅，要有雾；要有美女，要有驴！”地上与空中、现实与浪漫、肉体之需与精神之需。

“城里的女人就是白啊！”此处以假当真、以假乱真：城里的女人其实没有那么白，是搽了厚厚的粉。

“连小凤仙是谁都不知道还当妓女？那是誉满全城的鸡！”这是以誉满全城形容“鸡”，褒义贬用，在奇诡中收到出人意料的效应。

“谁是穷人？谁穷，谁就是穷人！”采取的抽象与具象冲撞，把复杂的表达对象简单化，简单明了。

“我要做的有三件事：公平，公平，还是他妈的公平！”这里是简单的复沓。至高之目的与至俗之语言形成巨大落差，突显个人精神。

“这他妈的税都收到公元2010年啦！”采用高度夸张的手法。取得的效果，是巨大的讽刺。

张麻子给师爷一分钟时间，让他说出钱在哪儿。师爷吓得直哭。张麻子说：“哭也算时间哦！”把庄严与幽默、严酷与风趣融为一体，在冷幽默的调笑中彰显双方的高下。

> 张麻子：这是穆扎的曲子。他们叫穆扎，咱们这里叫莫扎特。
>
> 儿子：你还能听出是穆扎来？
>
> 张麻子：有时候能。
>
> 儿子：什么时候？
>
> 张麻子：唱片上写着他名字的时候。

——这段对话，是逻辑与非逻辑冲撞，在先扬后抑中率性至极。

“四爷，他们打我的屁股就等于打您的脸啊！”此是把比喻双方的差距拉大，到几乎是两极对立的地步，强化反作用的张力。

“不好色的县长不一定是好县长。”这里把完全没有逻辑关系的两方面放在一起，突出“好色”的男人本性与人的品格无关。

黄四郎对手下胡万说：“如果你活着，早晚都会死；如果你死了，你就永远活着。”首先是实话实说。最平凡的也是最哲理的。

“酒要一口一口地喝，路要一步一步地走……步子迈大了，容易扯着蛋！”这是抽象和具象、写实与象征冲撞。

> 黄四郎：黛玉、晴雯给我出来。
>
> 师爷：怎么只出来一个女子？
>
> 黄四郎：我给她起了个日本名字……黛玉晴雯子！
>
> ——大雅与大俗、虚拟与现实。

> 黄四郎：师爷高！县长硬！
>
> 师爷、张麻子：黄老爷又高又硬！
>
> ——写实与隐喻高度对立，又高度结合。

> 我演砸了吗？我怎么觉着才刚刚开始啊！
>
> ——故意设立“演砸”与“开始”的二者逻辑关系。

> 师爷：你叫张麻子？可你脸上没麻子啊！
>
> 张麻子：黄四郎脸上有四吗？
>
> ——逻辑与非逻辑的异质同构。

影片中具有以上多种表达效应的语言还有：

世界上本没有路，有了腿便有了路。

老三：她们是妓女！是穷人吗？

老二：是穷人，是穷人卖掉的女儿！

师爷：六个人，还当着人家男人的面，还开着灯。我都关着灯。是太不要脸了，太不要脸了，呸！或者你花点钱，花不了多少钱，姑娘有的……

大哥你了解我的，我……我喜欢被动。

大哥你了解我的，要是我就不会有人活着来告状的。

大哥你了解我的，我从来都不求别人的。

大哥你了解我的，虽然我年纪最大，但到现在都还……俗称处男。

大哥你了解我的，如果是我的话，那么趴在桌子上的就是她丈夫了。

张麻子此时感叹道：看来各位兄弟都是身怀绝技的人啊

死了的人比活着的人有用！

黄四郎：I’ m sorry.

胡万坚定而又颤抖的回答：My pleasure, sir!

师爷：寡妇不能碰啊！必有大灾！

张麻子：她已经成了寡妇了，我不能让她再守活寡！

做夫妻最要紧的是什么？恩爱；做县长最要紧的是什么？忍耐！

何止是愚蠢？简直就是愚蠢！

张麻子：你觉得是你对我重要 还是钱对我重要？

黄四郎：我！

张麻子摇摇头

黄四郎：不会是钱吧？

张麻子：你再想想？

黄四郎：不对，还是我

张麻子：其实你和钱对我都不重要！重要的是“没有你”对我很重要！

师爷：你是要睡我呢？还是要杀我呢？

张麻子：先睡后杀！

师爷：那你还是杀了我吧。

张麻子：我杀了你还怎么睡你？

师爷：你带着老婆，出了城，吃着火锅还唱着歌，突然就被麻匪劫了。

张麻子：你给我他妈的翻译一下，他妈的到底什么是他妈的惊喜！

张麻子：汤师爷是我的至爱，您可不能夺我所爱啊！

大哥，我讨厌吗？你要是觉得我不讨厌，我就继续欺负他。你要是觉得我讨厌，我立马消失！

师爷：我话到嘴边了，你让我再咽回去？

张麻子：咽回去……你是个骗子，反正说出来也是假的！

师爷在临死前对张麻子说：树上的屁股兜里有五张委任书……

花姐一把手枪对着自己一把手枪对着张麻子说：老二已经走了，现在老三也要离开了，我们三个就这样被你拆散了！

师爷作深情状，回忆道：那年她十七，我也十七。

38

“

《孤独》是一幅 1933 年创作的油画，作者是俄国画家马克·夏加尔。存藏在以色列特拉维夫博物馆。在这幅画中，夏加尔将基督表现为一个孤独的牧羊人，坐在草地上，陷入忧郁的沉思状态。身后是村庄，天上有天使正在飞翔。荒诞的画面，反映了画家梦幻的艺术气质。画中的人物、环境与构图，都在呈现出画家思念故乡的怀旧情绪。他用立体主义的分析方式，使空间重叠、形象古怪，产生了一种浪漫的抒情情调。

”

吹灭读书灯，一身都是月

第一次看到马克·夏加尔的《孤独》，是多年前在一个网上大型画展中，十分震撼。如烟如梦的荒诞里，它在呈现人类的孤独，来自灵魂深处。

灰暗色调。基督身着白色披风、黑色衣衫，是个孤独的牧羊人。

依偎在他身边的，是一只柔顺的白色羔羊。

羔羊旁边，是一把搁置的小提琴。

基督坐在草地上，右手托腮，微微低头，神色忧郁，深不见底。

身后，黑魆魆的村庄，又远，又近。

蓝色天幕，一块块露出来，有白色天使在飞翔。

天在，地在，神在，万物在，音乐艺术在，人就不孤独了吗？

依然孤独。

此时的耶稣，是思乡？是怀人？是疲惫？是伤痛？是精神的无皈依？是灵魂的无伴侣？是身陷大荒无人可助的悲凄？是梦醒之后不知向何处去？还是醒悟世界原本就不可救？

也许都是，又都不是。

在漫漫的人类之旅中,那些开天辟地的初始者,让天地丰盈的造物者,引领人们精神升华的至高者,也有过灵魂的流浪么?

即使是耶稣,即使是释迦,即使是默罕默德,也会在寂静深处,在风声鹤唳中轻奏心灵的颤音么?

条条江河归大海,大海又归向何处呢?

上帝在俯瞰芸芸众生,谁又在俯瞰上帝?

上帝护佑人间受难者,谁又来护佑上帝?

九九归一,一呢?一归何处?

孤独是人的本真。

再坚韧的人都有沦陷的时候。

马克·夏加尔出生在一个好人家。

1887 年,白俄罗斯东北部的一个叫维捷布斯克的小城。

好人家对孩子的成长是有要求的。

他的父亲虽然只是一个普通工人,但犹太人祖传的教育理想,让他一心想把儿子培养成有学问的人。

实际上他的家庭非常寒酸,家里有 8 个孩子,几乎一贫如洗。父亲在鲱鱼仓库打工,母亲开杂货铺。

但是,父母决然以辛勤工作供养儿子学习。当他还是刚会读书的孩子时,就获得了极精彩的整套俄国和犹太民间故事。

稍大一点，父亲送他去犹太经学院学习犹太经典，一直到16岁。大量的犹太经典给了他童话般的幻想引导，让他沉迷其中，养成了敏锐的观察力。

生命的所有一切都源自童年：他的画家气质，灵敏深情，关注宗教和幸福。

谁又不是呢。童年的一切如影随形，伴我们一生。

———

自幼的海量阅读和孤独默思，会让人变得谦卑，知道自己有多渺小；也会完成一种精神上的越狱，让自己走出狭小，知道自己从跟哪里来，将往何处去。

就像一位年久在路的老司机，不是越开越狂野，而是越开越胆小。

又像是一个老书痴，当墨香纸香袅袅散去，最后浮现在眼前的，就是一轮照着自己的老月亮。倾耳间，有水声遥遥而来，自己，不过是水面孤舟上暂时寄存的小小一命，基因里，最顽强的DNA却是历史沉淀下来的人类精神。

而美感，从来都非与生俱来，而是后天习得，带上家的味道也带上时代潮流。

命运的轮回上，所有的相遇都是美好。

绘画不只是艺术，它还是拯救。

超一流的艺术家的笔下，总是融汇了生活、哲思和悲悯。

《孤独》的背景是一个月夜。月夜都那么好吗?

就在马克·夏加尔1923年从居住了近10年的柏林返回巴黎,在巴黎开始从事版画创作后的第5年冬天,即1938年11月9日夜,所谓的帝国水晶之夜,希特勒指挥纳粹分子焚毁了3267所教堂,7500余家商店,3万犹太男子在家中被捕。这是个月夜。

而有些月夜是深邃无言的,让你感动得无言,无言得让你感动。

有月亮在,可能会有媚俗的东西,但也可以惊世骇俗。

一个人是否能抵御平庸,是否成功,是需要被证明的,需要属于你的东西证明成功。

如果不能证明,就似乎不那么成功。

害怕平庸,产生一种怯懦心理,不断抵抗这种心理向前走,就有了不平庸。

如果一个人一辈子都在努力变好,那一定是因为你有一个不想辜负的家,有几个不想辜负的人。就像马克·夏加尔。

只要静下来,美的一切都会穿越岁月端坐在我们面前。

或者我们坐在它面前。

吹灭读书灯,一身都是月。

第四章 最悲哀的不是生命流逝

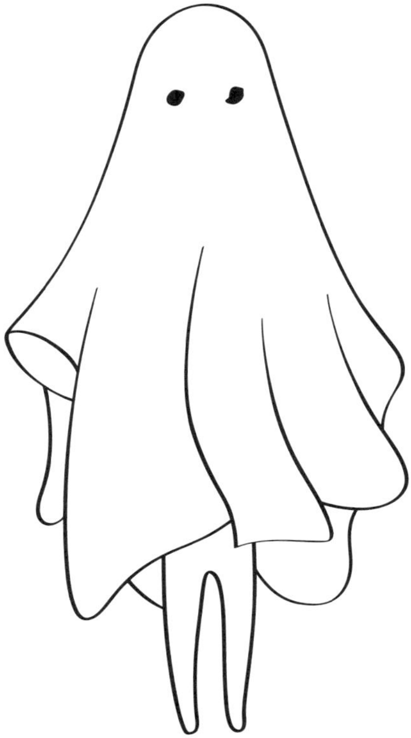

39

“

《寒江独钓图》是宋代马远创作的一幅山水画。在画中，马远只画了水面的一叶扁舟，一个渔翁在船上独坐垂钓，身体略前倾，全神贯注，船尾微微上翘。四周，几乎全为空白。唐代诗人柳宗元有一首绝句《江雪》：“千山鸟飞绝，万径人踪灭。孤舟蓑笠翁，独钓寒江雪。”马远创作《寒江独钓图》与这首诗有关。

马远，生卒年不详，南宋画家。字遥父，号钦山，祖籍河中（今山西永济西南），生长于钱塘（今浙江杭州）。曾祖贲、祖兴祖、父世荣、伯父公显、兄逵，均为画院画家。他继承家学，历任光宗、宁宗朝画院待诏。擅画山水，取法李唐，能出新意，下笔道劲严整，设色清润。山石以带水笔作大斧劈皴，方硬有棱角；树叶有夹笔，树干用焦墨，多横斜曲折之态；楼阁大都动用界尺，而加衬染。多作“一角”“半边”之景，构图别具一格，有“马一角”之称。又工画水，兼精人物、花鸟。与夏圭并称“马夏”，加李唐、刘松年，合称“南宋四大家”。存世作品有《踏歌图》《山径春行图》等。

”

留白，天地宽

第一次看到马远的《寒江独钓图》，就被震撼住了。

整幅画中，只有小舟一只，渔翁一个，在垂钓。画面里虽然没有水，但是你能感受到它正在烟波浩渺间，整幅画都是烟波无边的水，给人以无尽的想象空间，澄澈空灵，韵味绵长。

留白是中国画艺术之一。它是指画家在用笔用墨的同时，精心安排留下相应的空白。历代绘画大家无不把高超的留白，作为绘画境界的最高追求，穷其一生孜孜不倦，在方寸之间彰显天地之宽。

但真正得以在留白上达到出神入化境界的画家，寥若星辰，代表人物有马远、徐渭、八大山人、齐白石、吴昌硕等诸君。马远《对月图》，徐渭《榴实图》《兰花图》，八大山人《眠鸭图》《孤禽图》，齐白石《柳牛》《不倒翁》，吴昌硕《青藤遗意图》《面壁达摩》等，皆是中国画留白的顶级之作。

在山水画中，留白是船周围的水，是山峰高处的天，是山腰上的雾，是一抹沙丘、一丛芦苇四下里的虚空。

留白给作品建构了一个超越的通道，它使得画作气韵生动——留白的空灵感，为气韵、生动、传神提供了广阔的发挥空间，也在画面上营造出了非同一般的气势与节奏感，更能够让画家在如何把握黑白的探索中，通过虚与实、白与黑辩证关系的斟酌，感悟虚中有实、实中有虚、虚实相生的哲理，从而进入老子“知白守黑”的玄妙之道探索。

由此，留白不仅充实了画外的无限空间，拓展了画面的丰富情趣，也与“虚实”之道紧密相连，在有虚有白、白而有物，白而蕴籍中臻于一种水中看花、镜中取影、有迹无形、超乎象外的幽深、超旷、空灵境界。

推而广之，音乐中的休止符，书法上的布白，文字上的言外之意，佛祖的拈花微笑等，皆是大意境下的留白艺术。正所谓“此时无声胜有声”，“不着一字，尽得风流”。

留白，与其说是一种艺术，不如说是一种智慧，是一种境界。它需要艺术家作家等诸等走在各自朝圣路上的朝圣者，具有丰厚的哲学精神，足够的悟性灵性，非同一般的表现技巧。或者以线造型、情景相融，或者虚实相生、以形写神，或者雪泥鸿爪、言有尽而意无穷。在简远中传达出天与人、有与无、盈与虚、黑与白等深刻的哲学命题和人生趣味，在由表及里、由此及彼中把握生命的意义和精神，最终抵达形神相融、物我两忘、澄怀观道、明心见性、拈花微笑的人生之境。

一切艺术其实都是人生的，都是对人生真谛的观照，对人生本相的顿悟，对人生万象的穿透。各种艺术都在以各自的形式表达理智直观，而理智直观又总是浸透在感性每一个个体的遭遇、思慕和命运之中，在每一个独立个体基于有限人生，而产生的孤苦、忧愁、思虑和绝望等沉沦中。

只要能够在此过程中自持温柔，赋志高云，追思那诗意的心境和感悟，明晰殊途同归、操持百业的人生之境，在茫茫大块，悠悠高旻中超越那一日尽千年的有限，一如陶渊明之《闲情赋》所云："淡柔情于俗内，负雅志于高云，悲晨曦之易夕，感人生之长勤，同一尽于百年，何欢寡而愁殷。"

能如此，夫复何求？所谓"朝闻道，夕死可矣"！

艺术之理，何尝不是生活与生存之理？正如老子云："知其白，守其黑，为天下式。" 亦如庄子所言："得其环中，以应无穷。"

人与人之间——无论是血缘关系、地缘关系，还是趣缘关系、业缘关系，也都应该懂得留白。

亲人之间、爱人之间、朋友之间、同事之间，各类相交织的人之间，最近关系的两个人，就像两个或者多个在平面上相交织的圆。

之所以有感情，走得近，是因为有相互交错的地方。之所以是两个人，是在交错的地方之外，更有大段的独立地段，那是各自的自我空间。

人人都有自我，有各种难以穷尽的情怀和特性，需要独处的时间和空间。

如果你因为爱、依恋、看重等而产生的亲近渴望，而去大面积侵入了对方的时空，甚至要掌握对方的所有领地，就等于让两个圆趋向于更多的重叠甚至合一。

重叠后的一切，就会少了很多魅力。无缝隙的东西就会呼吸困难，就难以激流飞溅荡起种种波澜。就像一幅山水画，满张宣纸上都是密不透风、实不透亮的树丛和石头，就无法气韵生动、灵动澄澈了。

宋代郭熙在其《林泉高致》中说:“凡经营下笔,需留天地。何谓天地?有如一尺半幅之上，上留天之位，下留地之位，中间方才立意定景。”

清代的华琳则更进一层论绘画：“画到无痕时，直似纸上自然应有此画，直视纸上自然生出此画。试观断壁颓垣剥蚀之纹绝似笔而无出入往来之迹，便是墙壁上应长出者。画到斧凿之痕俱灭，亦如是尔。”

处于最佳状态的人之间，也应如此。当彼此的相知、相亲、相护、相伴到无痕境界时，感觉对方就应是你命里有的人，你生活里就一直有那人。那人一直都自自然然在你的世界里，就像你一直都自自然然在他的世界里。

彼此间有独立，有重叠，有交织，有错开，该合一的时候，自然合一着，该错开的时候，自然错开着，该相挽的时候，自然相挽着……

“登高山川小，留白天地宽！”

尽管要达到这样的境界，实在太难，就像你想成为马远、徐渭、八大山人、齐白石、吴昌硕诸位绘画大家那么难，但毕竟天下路都是人走出来的，何况已经有那么多人走出来了。

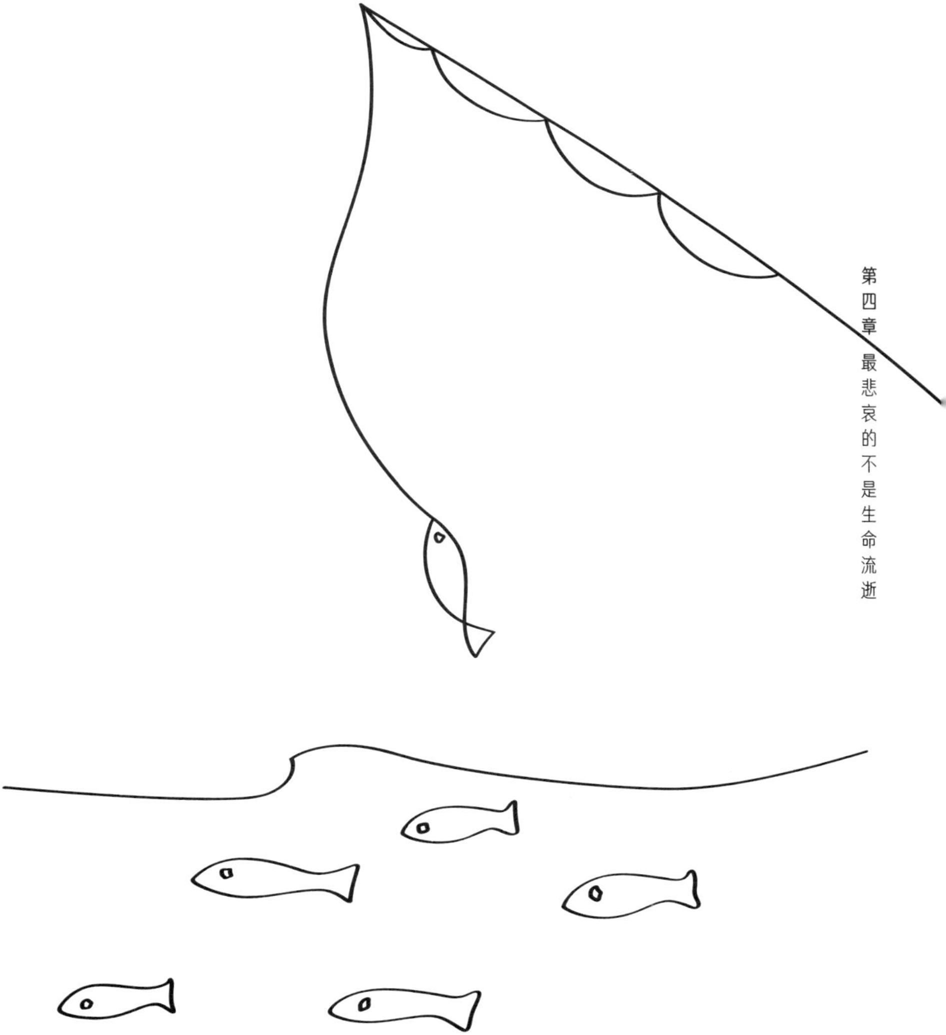

第四章 最悲哀的不是生命流逝

40

“

2008 年 2 月 10 日上映的《挽歌》(*Elegy*),长达 112 分钟,由伊莎贝尔·科赛特执导,尼古拉斯·迈耶 / 菲利普·罗斯编剧,佩内洛普·克鲁兹、本·金斯利、丹尼斯·霍珀、派翠西娅·克拉克、彼得·萨斯加德等主演。

电影改编自菲利普·罗斯的小说《垂死的肉身》,讲述了已进入老年的大卫·科佩什与女学生康苏拉·卡斯蒂洛之间一段跨越年龄鸿沟的爱情故事。

”

生命挽歌

爱与死亡

从辽远的洪荒时代起，爱情、亲情、友情，就是维系人类精神的三大支柱。影片着力表达的则是两性之爱。因为，就本源而言，两性爱乃是其他爱的创生典型（generative type）。没有人类的性爱，人的其他爱就无从谈起。

《挽歌》之所以成为经典影片，在于它呈现了人类心灵表达的三个核心主题：爱、死亡、悲悯。

死亡，在《挽歌》中以两种状态表达：一是生命的消失，如诗人乔治的死；一是青春的消失，如卡洛琳和大卫的衰老。

有三个最具典型意义的镜头：毫无征兆的，乔治在会场上倒地身亡。卡洛琳对大卫说："大卫，你越来越老了。"她说自己："现在，男人看我的眼神也不一样了。"

一瞬间，似乎所有人面对死亡的无奈与哀伤，一下子涌上来。

人，向死而生的悲怆在于，死亡是每个人与生俱来的绝望。

挽歌，从我们出生的那天起，就已开始悄悄响起。

由此，爱、死亡和悲悯才成为文学艺术的永恒主题。

老夫聊发少年狂

六十二岁的大卫，开始走向年轻美丽的康妮拉，只是出于强烈的拥有欲望。

行动伊始，只是按照他惯用的技术线路实施。凭着多年和女人打交道的经验积累与猎取战术：知识、才华、名人笔迹、雅戈的绘画、摄影创作、钢琴、红酒。

但是，随着交往的深入，他真的爱上了康妮拉。康妮拉美妙绝伦的外貌，高贵又朴实的气质，纯正真挚的心灵，对知识和艺术的孜孜以求等，让他在技术线路之外渐渐动了深情。

陷入情网的大卫像个少年，有点笨拙，有点可笑。他嫉妒康妮拉有五个情人的过去，像个傻小子一样，刨根问底她过去的每一个细节。他想知道那五个男人都是谁，他嫉妒康妮拉和那些人的疯狂、亲密、两小无猜。

当他听到康妮拉说起和幼时伙伴一起经历月经初来的欢乐时，他那貌似爽朗嘲讽的大笑里，却掩饰着浓浓的酸楚。在她和朋友去参加舞会时，他会傻傻跟到舞会现场，为的是证实她不是去会别的男友。他一心想拥有她的现在、过去、将来。

一个阅尽众多靓女的老男人竟然会这样。在爱之网里，所有的疯狂和犯傻，幼稚和可笑，老夫和少年一个样。

只有当他和老友一起分享这些细节的时候，一起分析真实情境的时候，他们才像一对老男人，理智、智慧地商讨解决办法。

可是，这些理智和智慧，依然是基于因为深爱，而导致的不自信——这时候他们仿佛才清晰：到一定年龄，面对青春年少的意中人，纵然有功成名就打底，也自知处于不对等的下风。

青春，不只是一段云烟时光，更是一种生命辉煌。

生命与精神的双重挽歌

大卫作为一个艺术学科教授，一个活跃在媒体的资深评论家，几乎拥有成功男人的所有魅力。他博学多才，睿智风趣，特立独行，潇洒不羁。为了摆脱家庭束缚，追求绝对自由的生活，他已抛妻别子离婚多年。

就像一个身怀利器的独行侠，他一直都是那么天马行空，自在洒脱。

但是，灵魂深处，对逐渐衰老和死亡的畏惧，已经浓浓笼罩他，如日落暮色。

影片开始后不久，他面对窗外淅沥雨丝，有一大段内心的独白：

> 记得 Bette Davis 说过，年老并不意味着胆小。但是托尔斯泰也说过：男人一生最大的惊奇就是年华老去。年老悄悄地到来，然后你会问自己，就像我问自己，为何老男人不能扮演他真实的年纪？对我来说，要怎样才能持续的在人生的喜剧中参与肉欲的部分？因为，在我的脑袋中我完全没变。

那一刻，他沉浸忧思的背影，就像木雕。四周，是无际苍凉。这苍凉，看似是一个老男人对衰老的力不从心，实则是心底忧老畏死的寂寥哀伤。

面对康妮拉，他发现自己真的老了。

人，无能为力的哀伤，只有在深爱时，在灾难发生时，才会凸显出来，犹如隐在书本深处，一般人发现不了的盲文。

和康妮拉相爱后，康妮拉一次次邀请他参加自己家的家庭 party。

他知道，这是康妮拉在为嫁给他，让他进入自己家族做铺垫。但他却一次次找借口退缩了。

那个镜头，他带着鲜花，坐在车里给康妮拉打电话，折射的，正是他内心深处的彷徨、犹豫、不自信——不管他有着怎样的才学、风度、气质，当他面对康妮拉的高贵家庭、闪光青春、比他小 30 岁的年龄，他深感自己如此苍白、无奈、力不从心。

于是，在彷徨犹豫后，他最终选择了退缩。

当年华逝去,在无情岁月面前,一个老者所有的名声与荣耀,都会失语。

人，身体的衰老，最终会导致精神衰老：大卫以自己的行为，写下生而为人的双重挽歌。

痛苦、爱、悲悯

离开康妮拉的大卫,从此陷入痛苦深渊,前所未有。他无心工作、写作，甚至无心饮食，生活几近瘫痪。

好友乔治在这最困难的时候，形影不离。帮助他、开导他，甚至逼他吃饭。

最好的朋友，是人生暗夜里的灯，冬季壁炉里的火，掉进泥潭时伸向我们的手。

慢慢的，大卫的生活开始复苏，上课，在电台做节目，打网球。一切似乎又回到了从前没有康妮拉的状态。

但是，两年之后，一天，他突然接到康妮拉的电话留言。刹那间，他一下子瘫坐地上。

他一遍遍听留言，依在墙边。此时电影响起他的那句内心独白：

> 我终于了解，这些年来我活着，就是为了听到这些话。

这就是真谛：爱，只要是爱，就无法忘记。它潜藏在看不见的深处，就像小河里的冬日水草。一阵风吹来,它翠碧柔软的枝叶就会浮出来，在水面随风摇曳。

在日常平静的河流下，人，永远蕴含着最深切的期待：爱。

得知康妮拉得了乳癌，这个老男人泪流满面。他任凭泪水流淌，不掩不拭。

这个镜头，和他任由康妮拉的脚丫子在他脸上磨蹭的镜头一起，淋漓尽致昭示他对康妮拉的爱与怜。

至此，饱受相思苦、失恋痛的大卫，和同样饱受苦恋和癌症恐惧的康妮拉，在精神上交融了。

康妮拉两年来也一样活在煎熬里。因为她依然深爱着大卫，得了乳癌后，她在孤独和恐惧中，更深体会到大卫在她生命中的位置：他是她最依恋的人，也是最爱她的人。

所以，在乳癌手术之前，在新年到来之际，她开车徘徊在大卫的寓所前，坐在车里给大卫电话留言。然后，久久等待，直至大卫拨响她的电话。

人在生死攸关时刻，最牵念的人，最依赖的人，会挡不住地来到眼前，如隐在芦苇荡里，一直等着我们的小船，把我们划到对岸去。

共同经历康妮拉的乳癌手术后，他们终于走到一起。电影里，他们并肩走在海边沙滩上，镜头表现虽然老套，却象征了美好结局：有情人终成眷属。

人之所以能精神相爱，一定是一起经历过共同的悲苦，而且能在长久岁月里，携手肩负悲伤的重担，顽强越过道道坎坷。

人生有太多的无奈和磨难。疾病、衰老、孤独、死亡，如影随形，谁也无法逃避它们突然降临的无助、恐惧。

但是，灵魂相拥的爱情、温情如水的亲情、亲切温润的友情，就像春日落入土地的细雨，一点一滴渗透在日子里，让人能够勇敢面对生死离别、天灾人祸、磕磕绊绊，在一次次自我修复中，应对孤独脆弱、风雨侵袭，无声礼赞人生的珍贵，正是艺术的真谛。

第四章 最悲哀的不是生命流逝

41

“

微电影《一维》改编自鹿桥先生的小说集《人子》，以古喻今开放式探讨如何分辨人性的善恶，是“美好2013：大师微电影”系列中的一部。被称为“影像玩家”的吕乐全片拍摄极具实验风格，巧妙融合了中国水墨画神韵以及皮影戏元素，对于这种大胆、创新的表现手法，他说：“《一维》是一个分辨善恶的故事，我希望用简单的形式表现复杂的主题。”

虽然一直想写它，却迟迟没能成文。面对深水高林，总是不敢轻易放鸟放鱼。

尝试以故事行进为经，以重要场景为维，在经纬交织里，简记琐思于此。

”

寂寞圣哲

行走在路

影片开头说：太子在九岁那一天，踏上了跟随法师的分辨善恶是非之修行路，为期六年。

六年，恰恰是佛陀太子苦心修行的年数。九岁的这个“九”，在中国文化中是个神秘数字，如九重天、九死一生、九天揽月、九五至尊、九九归一。

九岁上路，这是否意味着一个人大约是从九岁结束童年的纯真，开始走向残酷的成年之旅，开启一生不断的行走？

人，为何要行走？

“应当趁着有光行走，免得黑暗临到你们。”《圣经》这样俯瞰并指点芸芸众生。

圣保罗宗徒说每个人一生选定的路，其实都是各自的朝圣路：“虽然悲伤，却始终快乐。”梵高短暂的一生深得这句话的意趣，以充满诗意的激情语言，对它作了深情解读：“悲伤是因为朝圣者要到地方是那么远，路又是那么长。欢乐和希望则在于，在他眼里，那天国之城在落日的光芒中灿烂辉煌。”

可是，人是因为前方有光被吸引而行走，还是因为要寻光而向前行走？所有的行走都是为了避免黑暗么？黑暗真的是可以避免的么？

这世间，没有目标的行走，浪迹天涯，天黑了就住店，饿了就吃饭，是不是也很多很多？

踟蹰在途

行走上路，太子的目的，是去修行分辨善恶是非。这，似乎是世俗人生的核心科目。

然而，善恶本身是绝对的么？善恶真的势不两立、泾渭分明么？就像清汤下挂面那样，汤是汤、面是面么？

影片的高潮部分，是太子众里寻他千百度过程中，踟蹰在路的迷惘——他与法师渡船过河，法师竟然在小船上睡着了。太子问船夫，对岸风光如何。谁知船夫说：

“过了河，就是阴间。阴间的事与人间完全相反，善就是恶，恶就是善，太子你还能分辨善恶，以剑伸张正义么？”

太子转身去求教法师，却发现法师不在船上。此时此刻，小船在河中央打旋，只听见船夫大笑道：

“你以为人间已经没有罪恶，所以要到河对岸去，看这两岸都是一样的荒野，有什么不同？你要到哪去，我渡你过去。”

船夫说完却忽然跳入河中，不知所踪。

太子无法判断船夫是善是恶，只能自己掌握方向。就这样不知过了多久，小船靠了岸，太子下了船，却发现法师在岸边的一棵树下，悠然地等着他，“太子回来啦”，迷迷糊糊的，他竟然回转到家了。

端详我等世上之人，年轻时不知世事纷繁，常常是从幼稚的善恶二分法开始入世，看人，不外乎好人坏人；看事，不外乎好事坏事。

但是，在经历种种坎坷，体会种种隐情之后，逐渐懂得人事与人世的纠缠与混杂，懂得每件事、每个关节、每个人，都有说不清道不明的无力无奈，懵懂无知，浑噩不明，临场不明就里，过后也不清晰的时候太多了。

然后，慢慢摒弃简单的善恶判断，甚至模糊了边界。

很多时候，我认定的“善”，可能是你认定的“恶”；你确认的“恶”，可能是我确认的“善”。甚至会发现，你一心一意想抵达的彼岸，与你执意要逃离的此岸，并无二致。

非黑即白，不是好人就是坏人，不是朋友就是敌人，世界哪会这么简单？不是所有的事、所有的人，都能让你泾渭分明地辨别出是非、黑白、对错。

出剑容易落剑难，分辨善恶和是非，本是人间最难事。

是故老子云：“天地不仁，以万物为刍狗；圣人不仁，以百姓为刍狗；天地之间，其犹橐龠乎。”

如此一来，我们那些简简单单、信手拈来、率然而断的非黑即白的判断，对人、对事的所谓价值判断，道德判断，是不是给他人创设的影院效果？

抑或，我们每个人都不过是不知天下之博大也的井底之蛙？

你说，你的当下，是善还是恶？

你说，我们此刻，在河的哪一岸？

你说，我们执意要抵达的彼岸，真的和此岸有什么不同么？也许彼岸就是另一个此岸；在水一方的，就是水这边的。

如此一来，To be or not to be?

依稀又听见那船夫说：

“看这两岸，都是一样的荒野，有什么不同？”

王者归来

就在太子的疑惑还没被解开之际，短片的最终高潮继起了——老法师带着太子回到托托国都城，对迎接他们学成归来的国王禀告：

“他（太子）分辨善恶的剑法已经没有敌手，他将为国家的兴盛鞠躬尽瘁。”

接着法师让太子握剑在手，传授给他最后一课，以法师为影像分辨善恶。

只听见老法师厉声喝道：“太子，你看我是善还是恶？你看我是善还是恶？你看我是善还是恶！”

太子出剑，法师却在太子眼前幻化成两个影像，让太子无法做出抉择。他举着剑时而左时而右，无法剑落法师身上。

最终老法师拾起太子丢下的剑，一击击中太子，太子倒地而死。倒地而死的太子，缓缓升天了。

缭绕在这一结局外的言外之意，实在是太厚重了。

古来胜者为王、败者为寇。关键时刻，一剑下去就是霸主，举剑不定就是死鬼。

王权面前，貌似善恶不能并存，但其实从来也分不清善恶。

王言善，即善；王言恶，即恶。是善是恶，王说了算！

“这天子啊，之所以被称为天子，就代表了他有最高的人格，剑指向谁，谁就是恶。”

生死抉择当口，说的都是杀戮为王，弃剑为圣。为圣的条件，就是舍弃生命，一切皆抛。

可是实际上，弃剑即为鬼，杀戮才可以王天下。

这样人间结局的逻辑实在太吊诡了！

真是一维的王权逻辑，二维的善恶伦理！

你想成佛么？那就放下屠刀等着挨刀吧。

让人弃剑为圣，对王道而言，对历代执政者而言，是一种道德伦理，还是一种谋略诡计？

回想法师在修行途中对太子的那番谆谆教诲，真可谓痛心疾首外加咬牙切齿，俨然活生生一部人间丛林生存法则：

> 你一定要在善恶不能两存时，方可动杀机。若是作这样决定的时刻一旦到来，你就要马上判断，马上出剑。记住，这相杀的事与习练不同，你只有一击的机会。一击不中，你自己就要被击，就要丧生。若是丧生，丧生固然悲哀，仍然只是一生一死的事。若是判断错误，杀了善，纵了恶，这悔恨将是千古的事，几生几世都不能平歇！

所以法师最后叹道："太子啊，你还是不适合做国王！"

做王，需要善恶立决。要达到无善无恶、唯有终极之爱的一维境界，只有佛。所以，太子最终死而成佛。

死而成佛，是太子的愿望，还是被迫而成？看着太子死前，举剑犹豫不决那彷徨无助、带着几分惊慌失措的样子，禁不住心疼、心痛。

成佛，是一种是至高至上的幸福和完美，还是一种深刻的痛苦与缺憾？成佛之前，却原来是这般孤独寂寥、痛彻心扉。

你的心，需要经过油煎一般的举棋不定，难做决断：当你面对一路陪你、护你、磨砺你的人，你以为是你最亲近的人，伴你走过漫漫修行之路的人，要你立刻举剑取其命的时候，心存万般慈悲的你，怎能瞬间不管不顾地剑落决断？

圣者，是不是在性命关键时刻，就要把命交付于他人？如若这般，是圣者，还是奴者？这样的圣者，又是让谁最称心快意？

而所有古往今来，关涉胜败在此一举，生死牵于一念之间时刻的那些游移、犹豫、不决，如夫差之于勾践，项羽之于刘邦，哈姆雷特之于杀父仇人，是不是皆因一颗不忍的心？

冰心七十多年前写下的《不忍》说："在渺茫的生命道上，除了'不忍'，我对众生，更不能有别的慰藉了。"

那个以幽幽伤感语调，提醒世间人要处处小心行事、最终独自骑青牛出关的老子，那个被追随者出卖、钉死在十字架的基督，那个放弃王子生活舍身求法的达摩……

"古来圣贤皆寂寞。"

遥想世间圣哲，一肩扛着多少寂寞。

42

“

《泰坦尼克号》蜚声全世界，1997 年在美国上映，1998 年在中国内地上映，2012 年以 3D 版在中国内地重映。影片由美国二十世纪福斯电影公司和派拉蒙影业公司出品，由詹姆斯·卡梅隆执导，莱昂纳多·迪卡普里奥、凯特·温斯莱特领衔主演。

影片取材于 1912 年泰坦尼克号邮轮，在其处女启航时触礁冰山而沉没的事件，讲述的是处于不同阶层的两个人穷画家杰克和贵族女罗丝，抛弃世俗偏见坠入爱河，最终在大船沉没之际，杰克把生命的机会让给了罗丝的感人故事。在此尝试解读影片的爱情表达。

”

真爱永存

第一次看这部电影，大约是1998年。

那个春季末尾，快到夏天了，由詹姆斯·卡梅隆执导的《泰坦尼克号》驶进了中国大地，随即掀起了巨大波澜。

清楚记得，那阶段电影院已经冷清了很久，平时去电影院的人稀稀拉拉，但《泰坦尼克号》一上映，电影院爆了。

那时候有手机的人极少，网络更没出现，看电视看电影是从老到少的主要娱乐形式。

那阵子，从少年、青年，到中年，各阶层，只要稍微熟悉的，都会在见面时互相问一句：看《泰坦尼克号》了没？

几乎所有看过此片的人都感慨：许久没看过这样的大片了！许久看大片没有这种心灵的震撼了！

就那么一段时间，看过电影的人沉浸在影片中，似乎日常所有膨胀了的物欲和肉欲都悄然隐遁了，心中似有一溪缓缓清泉。近乎麻木的心又觉得真爱还在，真善美也还在。

和许多爱情影片一样，《泰坦尼克号》的主题是古老而凄美的爱情，是人类的死亡，却为何有震撼灵魂、寸断肝肠的美学力量？

爱情，是人类生存永恒的主题。

实际上，纯洁的爱情是十分简单的事，它只是莫名其妙的两性相吸、两情相悦，脱俗，理想，迷人，绚烂。

然而，随着所谓现代社会的迅速推进，人的物欲、肉欲越来越强。几乎每个人的生存空间，都横七竖八地塞满了物质、媚俗、性感的杂物，原本的纯洁情感距离生活越来越远。在金钱和物质面前，千金之诺随意打破，海誓山盟可以瞬间变身成昨日残叶。原本令人心驰神往的爱情，变成了利益套路和双边贸易，逢场作戏和假面舞会比比皆是……以至于许多人悲叹：今天哪里还有爱情？

《泰坦尼克号》却以诗意又悲伤的故事，展示了一个一百多年前动人的爱情哲理：真爱永存。

人世间，有些一见钟情，是超越金钱与门第的。

杰克和罗丝的相爱开始于罗丝想跳海自杀的那个晚上。

此时的杰克，正一个人躺在木椅上享受清凉的海风，四周没有一个人。罗丝急匆匆跑过的脚步声惊动了他。他发现了罗丝想跳海自杀的意图后，凭着他仁爱的天性，机智巧妙的攻心战术打消了罗丝的自杀念头。

更贴心的，是在众人到来以后，为罗丝保守了她想自杀的秘密。而他自己，却差点被错认为是一个企图施暴者。

不可否认，对罗丝来说，打动她的，是杰克为救她，要和她一起跳海：“你若跳，我也跳！”

这句话，从一个陌生青年口里说出来，让罗丝瞬间触摸到了杰克的仁爱、忘我，可以与她共生死的英雄精神。

杜拉斯在她的《怦然心动》里这样描写：“爱之于我，不是肌肤之亲，不是一蔬一饭，它是一种不死的欲望，是疲惫生活中的英雄梦想。”

罗丝受到了感染，放弃了跳海的念头。可是，正当她要跨回船上的一刹那，却出了意外：双脚踏空，快速行驶的大船，随时都可能把她甩进大海。

危急时刻，敏捷的杰克一把抓住了她，一边大声叮嘱她抓紧他的双手，一边用尽全力一点点把她拉上了甲板。此时，杰克成了她实实在在的救命恩人。

罗丝的富商未婚夫赶来了，为了感谢杰克，他要给杰克二十块钱。

罗丝一下子给雷倒了：救人一命后给二十块钱？

她看到未婚夫金钱第一、寡情薄义的本性。对应之下，贫穷的杰克却有那么多可贵的品格。至此，她把杰克留在了心底。

在第二天晚上的宴会上，杰克用餐和谈笑时的随意自然、无拘无束、充满活力，再次令罗丝耳目一新。

告别时，杰克巧妙塞给她一张约会纸条：“享受每一天。”这几个字深深打动了罗丝的灵魂，激发出了她性格中原本率真自然、蔑视金钱、蔑视门第、向往真情、热爱生活的真实。

而杰克,也早被罗丝的美貌、倔强、活泼、率真所打动,他们倾心相爱,在躲避未婚夫等人的追踪过程中,把身体献给了对方。

至此,他们的爱超越了世俗规范、门第观念,如电光石火,春潮带雨,显示了激情之美。

如果影片对他们的爱情表达至肉体结合为止,就会落入通常的爱情俗套。

让他们的爱情走出英雄救美人式的男欢女爱,升华为灵与肉真正合一境界的,是大船沉没前的生死关头,他们共同面对的那一连串磨难。

先是杰克被人嫁祸成一个小偷,说他偷了那个价值连城的宝石项链"海洋之心"。当他陷入不白之冤时,唯有罗丝凭着直觉相信他是清白的。

什么是真正的相知相爱?就是当全世界都反对你的时候,我依然相信你,和你站在一起。

此后不久,大船撞上冰山,即将倾覆,船上的人纷纷逃离底舱。但是,此时的杰克却被铐在那里。海水涌进来,杰克面临灭顶之灾。

罗丝不顾自己的安危,凭着超常的胆量和毅力,在向别人求救无着的情况下,拼命挥起大斧头砍断杰克手上的铐链,救出了杰克。

至此,她不仅回报了杰克当初的救命之恩,更展示了她舍身忘我、勇敢坚强的崇高品性。

人与人之间，需要真情，需要相互理解和信任，更需要生死关头舍我其谁的救助。

大船即将沉没，人们按照船上施救规定，老人、女人、孩子可以优先上救生船。

罗丝在杰克的极力劝说下上了救生船，但是，就在小船即将离开大船的一刹那，她却冒着掉入大海的危险，又跳回了大船。

这是在生死攸关罗丝的抉择——她要与心爱的人共存亡。就像她对杰克说的："你说过的，你若跳，我也跳！"

杰克用挚爱把她推上逃生之路，她则回报给杰克以生死相依。至此，她已把自己和杰克的命运，紧紧系在一起。

但是，就在此刻，一个惊心动魄的场面发生了——目睹了他们生死相依、难舍难分场面的罗丝未婚夫，在万分嫉妒、气急败坏之下，对他们二人开始了疯狂追杀。他拿着枪，杀红眼一般追赶他们。

然而，嫉恨的子弹没有追上他们飞快的脚步，却从一个对立面把他二人推得更近了。

影片到此，杰克和罗丝的爱情显示了更强的深刻性、悲剧性。

爱的原理之一，就是障碍的介入往往会起到相反的效果，促使相爱的双方产生更有力的冲动。这种冲动驱动他们走向彼此，同时从受到阻碍的悲愁中，激发更多相爱的燃料与火焰。

他们的爱，会因此形成一个超越尘世的世界，也即他们的爱情世界，这个世界相对其他人与人的世界而言，尤为牢固，尤为坚韧。

所以，跳回甲板，又逃脱了追杀之后的杰克和罗丝，到此时灵魂完全合而为一了。

西班牙哲学家乌纳穆诺曾经论及人的爱，与悲苦关系的深刻与微妙：

> 人们所以能彼此精神相爱，必得是他们一起领受同样的悲苦，而且在悠长的时间里肩负着愁苦之束缚而携手越过顽强的大地。因此，他们才得以彼此相识，互相感通，而在共同的痛苦里觉得彼此的存在，他们相互怜惜而相爱。因为，爱即悲悯；如果肉体因悦乐而结合，那么灵魂将因痛苦而结合。

最后时刻，大船断为两截，轰然下沉，杰克和罗丝在拼命挣扎。他们在海水中寻找对方，竟然在冰冷而混乱的海水中聚到了一起。

精疲力竭之际，杰克把罗丝推上了一块木板，而自己却守在木板旁，激励罗丝活下去，直到他冻死水中。

这最后的生离死别，使他们的爱达到了顶点。离别的场面，是两个年轻人对生命的留恋、珍惜，更是生死关头把死亡留给自己，把生存留给对方的舍生忘我。

至此，他们的爱闪烁出了人性之美：爱是仁慈，爱是利他，爱是正大无私的奉献。由此，影片显示了人灵魂的崇高，完全超越了男女性爱，甚至死亡界限。

当罗丝从昏迷中醒来，看到杰克已经冻死在冰海里。她悲痛欲绝，要跟随杰克一同而去。在求援的小艇划到她的木板近旁，大声询问还有没有人活着时，罗丝没有回应。

但是，就在这时，她想起了杰克临死前的再三叮咛——“答应我，活下去，一定要活下去！”

她似乎一下子觉悟了。她用哨音唤回了渐渐远去的小艇，给了自己活下去的机会。

这时的罗丝，与其说是给自己留下了一条生路，不如说是为杰克救自己一命。

她知道，杰克是那样热爱生活、热爱生命，她不能辜负杰克的深情。这绝不是苟且偷生，而是对杰克深爱的回报。

在世界爱情史上,与爱人同生共死,为爱侣先亡而殉情的人数不胜数。东方的梁山伯与祝英台、焦仲卿与兰芝，西方的罗密欧与朱丽叶、裴迪南与露易丝，都是用活泼泼生命的毁灭，以殉情的方式写下爱的深沉、执着，一成千古绝唱，

而罗丝的选择,则是另一种忠贞不渝：按照爱侣的生活精神生活下去，永记他的铭心之爱，让他活在自己的生活里，活在自己的生命里，乃至一生一世。

大洪过后，一片荒凉是一种美，草长莺飞同样也是一种美。

许多年之后，罗丝老了。影片最后，是老年罗丝记忆犹新的回忆。

泰坦尼克号海难之后的漫长岁月，让青春貌美的少女罗丝，变成了一个银发苍苍、步履蹒跚的老祖母。

画面上，老年罗丝回忆当年时那无比凄苦而又无比幸福的神情，说明杰克没有死，杰克一直活在她的心中，也将永存她心中。她把杰克对她的爱当作一生最珍贵的保存着：一片只属于她的永远芳草地。

六七十年来,她成了家,子孙满堂,健康而快乐,这正是杰克热爱生活、热爱生命精神的具体绵延。她正是在杰克爱的雨露滋润下，让生命焕发光彩的。

将来，她会在另一个世界和杰克相聚。他们的真爱之树永远常青，跨越生死。因为，杰克已融进了她的生命和精神。

影片最后，银发苍苍的罗丝悄悄把价值连城、众人千方百计寻找的钻石项链丢进大海，更深一层展现了人性之美：重义轻财，永忆真爱，一切美好都应与天地共存，与日月同辉。

至此，杰克和罗丝的情爱历程完成了：从一见钟情，到生离死别，到超越死亡。他们的爱情由船上数日，走向永远；从瞬间相遇，走向永在天地。

真爱永存，就是影片的哲理表达。

《泰坦尼克号》爱情表达的成功，除了它的深刻性之外，也与观众的接受心理有关。

随着近年来大众消费文化的通俗化，甚至庸俗化，所谓的爱情描写已经渗透到了各方面。电影界更是花样翻新，把男女之情揉进了各种类型片，甚至到了没有爱情不成片子的地步。

于是，电影里充斥着千奇百怪的爱情文本：咖啡屋里烛光暗淡，音乐低靡徘徊，这是都市男女含情脉脉的浪漫；竹林深处箫声如咽，花前树下细语喁喁，这是乡村青年要死要活的缠绵。高粱地里红衣绿裤，荒地野店纱帐晃动，这是俊俏寡妇和剽悍男人带着野性风格的原始性爱；高档宾馆窗帘下垂，音乐包厢门扉不开，这是钱权与肉体交易有性无爱的一夜风流。夫残妻守，妻病夫护，面目苍白，神情憔悴，这是道德和责任通力合作，有爱无性的一生无奈。几对男女，几个家庭，争争吵吵，又离又合，这是多角关系的畸形婚恋……

这些具有浓重游戏色彩的爱情表达，让很多人对影片中的爱情，像对待地摊上的首饰一样不屑一顾。相较之下，《泰坦尼克号》如远山的呼唤，清纯、自然、崇高、伟大，在岁月中闪光，成为一代代人记忆中生生不息的爱情传奇、人生传奇。

也许，这就是它在第 70 届奥斯卡金像奖 (1998) 中，获最佳影片、最佳导演、最佳女主角 (提名)、最佳女配角 (提名)、最佳摄影、最佳剪辑、最佳视觉效果、最佳音效剪辑、最佳音响、最佳艺术指导、最佳服装设计、最佳化妆 (提名)、剧情片最佳原创配乐、最佳原创歌曲等十四项奖的原因。

43

“

詹姆斯·卡梅隆执导的影片《泰坦尼克号》，作为荣获十四项奥斯卡金奖的巨片，之所以举世闻名，其主要原因之一，就是通过再现一百多年前泰坦尼克号短暂而悲壮的死亡之旅，展现的生命激情，以及面对死亡时的崇高伟大，告诉人们该怎样活着：既热爱生命，乐观进取，在需要的时候又勇于奉献。下文尝试解读影片的生命意识。

”

“享受每一天”

从辽远的洪荒时代起，人类便开始了痛苦而艰辛的物质长旅和精神长旅。斗转星移，时空转化，在蹒跚的步伐中，人逐渐脱离原始荒昧的生活，从混沌到清明，从野蛮到文明，一步步走入现代社会。

但实际上，人类的每一个物质进步，每一种现代建设，似乎都以人性中许多美好的损失为代价。所以结果往往是物质生活丰富了，文明教养严谨了，人反而觉得沉重，越来越不快乐了。

由于是泰坦尼克号这一巨轮的处女航，船上聚集了许多要人。头等舱的乘客全是社会名流，有王公贵族，也有百万富翁。

影片借罗丝之口向观众作了大致的介绍：他们腰缠万贯，锦衣玉食，富有教养，彬彬有礼，风度翩翩。

但高贵的外表下，却掩藏着金钱交易，虚伪，矫饰。他们馈赠贵重物品是为了换取爱情，谈天论地是为了表现博学，议论政治是为了显示品位，巧装打扮是为了展示贵族身份，跳舞聚会是为了联络交际……他们有充足的金钱、远扬的名誉、显赫的地位、亲密的联系，贵族该具备的他们似乎都具备，然而，就是缺少发自内心的灿烂笑容、自由个性、真诚关爱、良善品格，让他们看上去那么拘谨、虚伪、傲慢、自以为是。

利益化的生活让人利欲熏心，把一切行为都变成了手段，哪里还有真正的快乐可言？

与之相对应，影片中三等舱的乘客则是另一番情形，他们热情、自由、奔放、随意。想唱就唱，想跳就跳，无拘无束，不分彼此。相聚的时候，乐曲是欢快的，舞步是洒脱的，笑声是开怀的，啤酒是大杯的，情感是真诚的。没有讲究的排场，却洋溢着欢乐和活力。他们不是金钱的主人，却是生活的主人。

影片在呈现：金钱和财富并不代表快乐，门第和高雅也不代表快乐，只有热爱生活，才有欢乐的生活。人，无法决定自己生命的长度，但可以拓宽生命的宽度。

杰克是个穷困潦倒的青年画家，他没有固定工作，没有固定收入，没有固定的住处，甚至连个通常的落脚点都没有。如果不是一次偶然的赌博胜利，他是不可能有缘登上这艘客船的。

在上等人眼里，他是个穷得令人不屑一顾的可怜小人物。

但是，杰克身上却充满了生机勃勃的迷人个性：他热爱绘画，虽然一文不名却在作品中显示了横溢的才华。他追求自由，乐于四处流浪，处处为家。他注重友情，喜欢接触不同的陌生人，和他们交友。他喜欢新事物，对漂泊生活乐而不疲。他无拘无束，行动洒脱，会为一个意外惊喜狂呼乱叫、手舞足蹈，也能非常自然地打破宴会的沉闷压抑。他聪明机智，能随机应变救人于危难，也能巧妙传达热烈情感。他敢于冒险，不惜用仅有的一点活命钱，去搏取赴美国寻梦的机会。

他宽厚仁爱，力所能及照顾所遇到的各类人。他乐观的精神给人的是生活的欢乐和美好：能自由自在地活在天地间，实在是最好的。

“享受每一天”，他写给罗丝的这几个字，正是他生活精神的写照。正因如此，作为贵族阶层反抗者、逃遁者的罗丝才走入了他的生命里。

影片通过这个青年告诉观众：要想追求到生活的快乐，必须快乐地追求生活。多一份自由、多一份真诚，多一份关爱，快乐自然就会来到我们的身边。

《泰坦尼克号》在强化了爱的主题时，也强化了死亡。

爱和死亡，是人类最基本的两个本能。如果说爱是保存一切生命的巨大力量，那么死亡则相反，它是毁灭一切生命的巨大力量。

西班牙哲学家乌纳穆诺曾这样称道爱与死亡的关系：“爱是悲悯的慰解，它是对抗死亡的唯一药剂，因为它是死亡的兄弟。”

尽管爱可以超越死亡，但在面对死亡时，一个人的行为举止仍是他人格的最好验证。

渴望永生，渴望不朽，这是人类心灵深处的一种共性。真爱只有在苦难与死亡中才能获得永生——它不仅仅限于男女之爱。

影片中杰克与罗丝曲折的爱情与生离死别固然催人泪下，但大船沉没之际，乘客们在生死关头的平静坦然，更加可歌可泣。

那面对死亡相拥而卧的老夫妻；那给孩子们讲着故事，从容沉入冰海的母亲；那在最后关头还在侃侃而谈，向信徒们讲经布道的牧师；那要与大船共存亡的银发苍苍老船长；那静如秋水、视死如归的设计师；那几位为人们奏乐至终的普通乐手……

一群群感人至深的人物，一幅幅寸断肝肠的场面，无不彰显了人性之美——人类在自然灾害面前的从容不迫，在死神来临时的平静如归，与其说是壮烈，不如说是伟大。自然之力可以毁灭人类，但人类的崇高品格，无畏精神则超越了自然。

愉快地活着是对生命的热爱，如此坦然自若面对死亡，则是更高层次的对生命的痴心。

因为，有限的救生艇只能在大船沉没之际，提供给一小部分人逃生机会，留下的每一个赴难者都付出了博爱。他们把生的机会留给了妇女儿童，把死亡留给了自己。正是这崇高伟大的人格，才使那么多人勇敢地选择死亡，坦然走向死亡。

也正因此，在最后的时刻，船上乐队的首席小提琴才能忘我地演奏那首优美的圣诗《与主接近》：

> 更加与主接近，与主接近。纵使在十字架高举我身。我心依然歌咏，更加与主接近。更加与主接近，更加接近。

《泰坦尼克号》备受欢迎，引起轰动的原因之一就是这种生命意识、生命精神。它像一面镜子，又像一部警世名言，让我们时时审视自己的劣根性，让我们从卑下与世俗中觉醒。

我们发现，它伟大崇高的生命主题与我们的现实社会有着很大的反差。

21 世纪初的人类已进入了具有现代意义的社会。与现代文明同步造成的紧张感、压迫感和危机感，使得人们渴望在生活沙漠中拥有一片绿洲，来舒展舒展疲惫的身心。

但基于种种原因，一直未能如愿。许多时候，人们都处于一个既无传统价值观，又无新型价值观的断裂地带。这导致的结果是，经济腐败与改革齐飞，道德沦丧共致富一色已十分普遍。

在这样的大背景下，远大的理想、崇高的人格、宽阔的胸怀、永恒的追求等，几乎成了人们的笑谈。在弥漫权钱交易、人钱交易的生存空间里，有良知的人清晰发现，那些曾使我们为之激动，为之颤栗，为之哭泣乃至讴歌的东西越来越远。我们痛苦，为物欲和肉欲污染了情感晴空和心灵绿原。随着水泥钢筋的城市的逐渐扩大，人的精神世界成了大片荒原。

许多时候，我们都像迷失归程的孩子，站在十字路口，不知向何处去，不知如何是好。

《泰坦尼克号》恰好为我们提供了这样一个理想芳草地。在这里，人们又一次找到了如诗如画的激情、仁爱的天性、青春的梦想、崇高的品格、奉献的精神、快乐追求生活的心态……我们近于干涸的心得到了些许滋润，对真善美的向往得到了片刻满足。

而影片的故事发生的时间是一百多年前，也让人回首往日，缅怀昨天，追寻昨日的美好，反思今天的缺憾，以重回精神家园。

第五章

人有眼障，也有心盲

44

“

我的电脑里珍藏着一个视频，是根据“二战”真实故事改编的一个故事短片：1944 年的康城之战中，一名德国狙击手已经连续击毙了40名英军士兵。他又将瞄准镜再次对准一名挣扎着的英军士兵时，奇特的一幕发生了……在死寂黑暗的战场上，有一种无关立场和国籍的情感开始流淌，并改变了这两个人的命运。

故事的原型是，诺曼底战役期间，一个美军士兵在战场上用自己随身携带的小号，吹了一首德国民歌，但是被长官禁止了。这场战斗胜利后，一名被俘的德军士兵要求见一下吹小号的美军士兵。经过细致寻找，两人终于见面。对着美国士兵，德军兵流着泪说自己听到号声之后再也无法作战。美军士兵说：“我明白，这都是音乐的力量！”

”

康城之战的最后一夜

有时候，我们会因为天涯海角素不相识的人而美好。

可能他们只是你生活中的一个镜头、一个侧影，甚至只是你眼前中轻轻划过的暗夜，一曲琴音，却那么深的打动了你，成为你守望善、相信善的一个理由，成为你心灵中最柔软的一部分。

这柔软，或许因为深挚凄怆而格外动人。

它是苍茫的西部草原上，惨淡的夕阳下散发着的仁慈的光，是廊桥永生的梦想，是风高月黑色，岸那边有人悄然登上老艄公的客船。

仿佛黑暗里纵深的冷寂站台，有隆隆的火车向前驶去，全世界都睡着了，却看到有相似的耳朵听见了钢轨擦出的音乐。

这不只是一种音乐共振，它是一种更广大的、人性与灵魂相通的美好情感，像空谷足音，像深巷石板上滴答的绵绵雨滴。

如潮的人群中，你知道这世界上会有人彼此是血液与气质都近似的同类。无论相隔多远，在某个特殊时刻，在某个生死关头，彼此之间瞬间就有了一种懂得——懂得彼此的孤寂，懂得生命的脆弱，懂得各自身后都有一群翘首以盼、等着自己回家的人，然后就懂得了轻轻放过。

平常时间里，每个人都是一个钟，默然行走，一圈又一圈，只有到特定的时刻，受了强力触动灵魂荡起来了，生命的华彩乐章才跟着响了，声音也就传到对岸，甚至更远的地方去了。

有个感人至深的视频，叫《音乐的力量》。

短短三分钟，讲述了1944年康城之战中一曲口琴让致命的敌人放下枪口的真实故事。

那是这场残酷战役的最后时刻，一名德国狙击手居高临下，对着前方开阔地上残存的敌人——英军士兵，一枪一枪，连续击毙了40多个。

从暮色四降到苍茫深夜，那个开阔地上只剩下了一个叫杰克（Jack）的英国兵。

此时他已身负重伤，浑身是血躺在地上。

他知道前方的狙击高手正瞄准他，可能随时要了他的命。

生死关头，他的眼年前浮现出他远在家乡的漂亮妻子和幼小孩子。

忍着剧痛，他艰难地取出怀中随身携带的口琴——那是他从少年起就一直随身携带的，从未离身。永别在即，流着泪，他颤颤巍巍吹起了无比熟悉的爱尔兰民谣《丹尼少年》（*Danny Boy*），对着远方的妻子孩子，对着白发苍苍的故乡的父母。然后，他取下头盔，静等那颗飞来的子弹。

片刻过去了，枪声都没响，夜色中传来的却是哀婉的笛声。吹笛的，是岗楼上的德国狙击手。

杰克于次日被俘。

那个德国狙击手找到了他，用磕磕巴巴的英语说："昨晚我听到你的曲子，想起了我在德国的未婚妻、我的父母、我的兄弟姐妹，这令我始终无法开枪……"

随即，他们的双手紧紧地握在了一起。

杰克吹奏的《丹尼少年》，本是一首爱尔兰民谣，原名叫《伦敦德里小调》，英文名为 *Londonderry Air* 或 *The Song Of Londonderry*。

传说大约400多年前，爱尔兰岛北部一个叫伦敦德里的小城，有个小伙子即将奔赴战场。双鬓斑白的老父亲深知儿子此行可能是一次生死离别，心中充满不舍、悲伤，在儿子出发前的那个晚上写下如下一段文字给儿子：

> Oh Danny boy, the pipes, the pipes are calling
> 哦，丹尼男孩，笛声响彻
> From glen to glen, and down the mountain side
> 徘徊在深谷，飘逝在山间
> The summer's gone, and all the flowers are dying
> 仲夏悄然而逝，万花零落在地
> T'is you, T'is you must go and I must bide
> 你定要离开，而我将等着你

But come you back when summer's in the meadow
你若仲夏归来，家园必有如茵草地

Or when the valley's hushed and white with snow
你若飞雪归来，幽谷自会萦绕静谧之声

T'is I'll be here in sunshine or in shadow
无论阴晴圆缺，无论我将在那儿，都将静静守候

Oh Danny boy, oh Danny boy, I love you so
哦，丹尼男孩，我如此爱你

And when you come, and all the flowers are dying
你若归时，恰逢万花零落

If I am dead, as dead I well may be
或许那时，我早已安详入梦

I pray you'll find the place where I am lying
我会祈祷苍天，愿你能寻到我的长眠之地

And kneel and say an "Ave" there for me.
躬身对我说声再见吧

And I shall hear, the soft you tread above me
我会听到你的耳语，听到你那轻柔的足音

And all my grave shall warmer and sweeter be
肃穆的坟茔也会温馨

And then you'll kneel and whisper that you love me
躬身对我，轻语一声“你爱我”

And I shall sleep in peace until you come to me.
我将在平静中守候，等到你归来之际

And I shall sleep in peace until you come to me
我将在平静中守候，等到你归来之际

而后，有人把这段文字谱上曲子，成为一首忧伤深情的离别之歌，如同插翅一般，它迅疾传颂开来，从爱尔兰到整个英国，再到欧洲，到全世界：面对即将和爱子的生离死别，这个父亲的一颗悲痛哀伤之心，激扬而成一曲哀切之言，听者杂而咏之，聚而听之，在和声中心动，在悲苦中融情，在歌词中嗟叹，在泣涕中流连……

也有另一种传说——这首歌是先有曲子后有歌词的：曲子的作曲者叫罗利·戴尔·欧卡汉（Rory Dall OCahan），写于1600年间，一直在爱尔兰民间流传。直到1913年，一个叫费德里克·魏舍利（Frederick Edward Weatherly）的人，才为之填上歌词，成了今天我们听到的《丹尼少年》。

温婉绵长的曲调与深情优美的歌词相映成辉，如一行白鹭上青天，让《丹尼少年》成为当时流行歌曲里的爆款，很快红遍欧美红遍全世界，吸引了许多顶尖级歌手。唱过《丹尼少年》的歌星很多，约翰尼·卡什（Johnny Cash）、少女时代、海莉·韦斯特娜（Hayley Westenra）、藤田惠美、小野丽莎等。但其中最为经典的，还是来自爱尔兰本土的迪克兰·加尔布雷斯（Declan Galbraith）演唱版本。

唱这首歌时，他只有10岁，干净悠扬的童声，纯真执着的模样，天赐浑然的演唱技巧，如天籁，如山岚，如深谷回声。

战争不决定谁对了，只决定谁留下了。

哪个无定河边骨，不是深闺梦中人？谁能说清，每一发落下的炮弹，会砸碎多少人家，每一颗飞出的子弹，是否就有一颗灵魂与这个世界永别。战争是死的神盛宴，也让天下父母的忌恨和胆寒。

所以，生死离别之际，英国兵杰克的口琴声一响起，让敌对的德国狙击手泪流满面，好像多年没见的亲人奔到一起，就连沉沉夜色也变成了希望的麦田，跟着口琴声摇摆起来，金灿灿的。

后来杰克回忆道："他不是我的敌人，他和我一样孤独和恐惧。"

对每个个体来说，战争有胜利者么？战场上的血肉横飞，杀红的眼睛，一直都控诉着全人类的罪恶。

扣响扳机的那一刻，第一枪打死的首先是良善的那个自己。所以，战争一开始，地狱便打开。你死我活的战场上没有人能独善其身，每个参与者都将饱受战争创伤和记忆的折磨。远方、亲人、和平、青春、未来、都会在瞬间消失，永不再来。

正因如此，《丹尼少年》才会引起跨越种族与立场达成情感上的共鸣，令敌方无法痛下杀手。

这是音乐的力量吗？不，这是人性的回归。正如康德所说的那样："世界上有两件东西能够深深地震撼人们的心灵，一件是我们心中崇高的道德准则，另一件是我们头顶上灿烂的星空。"

康城之战，那个残酷苍茫的夜晚，德国狙击手轻轻放下枪口，缓缓转身，放过的不只是敌人，更有自己。

也许这不是通常意义上的放过，但是，抬头间，就有了由远而近的缥缈的幸福与华光：这世上，有很多和你一样的人，相遇岂止在平常。

音乐不假任何外力，直接沁人心脾的是其中最纯的感情火焰。感知它的，是春天般升腾的生命力。

光阴蹉跎，世界喧嚣，每个人其实都在乘着绿皮火车在纷繁的世上穿越，向死而生，一路婉转逶迤，跨旷野，钻山洞，行高桥，不知不觉就会尘满面，鬓如霜。

眼前琐事，身后保障，如连环一样压着裹着沉重的肉身，要保持一份闲心和纯真不容易。

如果哪一天你只是埋头生活里的种种事务，不再有兴致在一些深夜贴着车窗玻璃看沿途的村庄，不再向往去人烟稀少处去看天上的星辰、听鸟在月亮里飞、雪在树丛中化的声音，不再能安静下来倾听内心流淌的音乐，可能就真的老了，也真的俗了，辜负了人生这趟旅行。

45

“

曾在一个旧书摊上淘到一本贾似道的《悦生随抄》，看品相应该是民国期间刊本，或者是更晚一点的小作坊仿印。但宣纸尚好，墨香淡淡的。

”

夏日午后

看到《悦生随抄》中转引的刘壮舆《漫浪野录》一段，不禁莞尔，又莞尔：

> 苏子瞻泛爱天下士，无贤不肖，欢如也。尝自言："上可以陪玉皇大帝，下可以陪卑田院乞儿。"子由晦默，少许可，尝戒子瞻择交。子瞻曰："吾眼前见天下无一个不好人。"

古代诗人，最爱苏东坡。

正如林语堂所赞，作为一个元气淋漓富有生机的巨匠，他的生命力、创造力，就是一个驱骅骝、驾战车，绝尘驰骤的天才骑手，能够奔驰在其大无垠的自我天空，却不会套断缰绝、车翻人杳。

他秉性难改的乐天、悲天悯人的慈怀、赤子之心的烂漫、通达天人的智慧，让他成为最杰出的诗人、词人、新派画家、伟大书法家、酿酒实验师、土建工程师、瑜伽修炼者、居家佛教徒、茶道探究者、朝堂抗上者、月下漫步者。

像一阵清风度过一生，他不记恨，不幽怨，不沉沦，为父兄，为丈夫，为挚友，为官吏，为文人，竹杖芒鞋，披蓑戴笠，让无尽与永恒留在刹那显现的瞬间里。

生活在权力高度集中的帝王时代，在那种任你是天才、地才，一律必须先是奴才的大背景下，他从佛眼中否定人生，从儒眼中正视人生，从道眼中简化人生。然后一生吟啸徐行，迎山头斜照，也无风雨也无晴。

假日午后。醒来。读《悦生随抄》。写长长短短的字。

煮滚热的老普洱。燃几支沉香，看它袅袅，若有若无。

《悦生随抄》，宣纸线装。

古旧却依然本白的书页，灰黑的字，墨香幽幽。

陈年宣纸上散发的墨香，如石头老房子墙脚上一朵一朵经年苍然的青苔，总有无法言说的空灵，足以盖住所有的夕阳芳草，落花流水。

又像千年古塔上悬挂的大钟，只要它的声音响起起来，所有的音乐都显得黯然了。

喜欢宣纸，各种宣纸。

制作宣纸的原料是沙田稻草和青檀树。工匠把原料碾碎、浸泡、发酵、打浆，加入树糊后调和成纸浆，经过捞纸、晒纸等前后近百道工序后，一张绵柔的白纸才能成其样子。

在古代，宣纸就是中国笔墨的绝配。在宣纸上走笔，笔下出烟雨，或者记录前朝往昔，就是宣纸的最佳结局，足以自顾自美丽。

遥想漫长古代，从明君贤臣到独夫民贼，从乡间布衣到世代书香，从江洋大盗到贩夫走卒，只要认得几个字的，谁不会提笔来上那么几行书法啊。

即便是烟花名妓,街头摆摊算命打卦的,也都个个能提笔写上几行的。

就是占山为王的土匪山大王，只要他挥笔一幅草书，也觉得他是世家了、隐士了、桃花源了。

书法，是古代识文断字者，显示自己格调的灵智行为。

每思王羲之、张旭、怀素诸君早早远去，即便我乘宇宙飞船也追不上，辄唤奈何。

写字撰文，一般会面临两种选择：是给大船上的水手和乘客取乐，还是给资深船长励志？

假若给大船上的水手和乘客取乐，必须通俗易懂，情色功名、柔肠寸断、侠肝义胆、除暴安良皆备。

而给资深船长励志，则须宇宙哲思，天地人神，沧海桑田，释迦耶稣。

实际状况是，取悦哪一方都不易，都必须有运笔的十八般武艺。

可是，如果不以写字为生，只是业余涂鸦玩玩，那就索性谁都不取悦，随心所至，就像风行水上的自然涟漪。

看苏东坡挥笔，能狂妄怪癖、庄重严肃，也能轻松玩笑、洗钵饮茶。叮叮当当的笔下，是生而为人情感之弦的微音细澜：喜悦，愉快，觉醒，忍受，远观，淡然。他的诗词文章，皆自然流露，顺乎天性，只为呈现自己。

如此，人在文字中，可以柔情似水，慈悲顿起，也可以燃灯夜行，渐行渐轻，磨练金刚不坏之心，然后在荒诞、复杂又不可思议的世界里保有自己的本真和良知。

而名与利，从来都不是我们生命中最重要的东西，那些闪耀着华光的生活感悟、生命体验，那些稍纵即逝的岁月时光，就该看得比什么都重。

一支笔，一张纸，片刻宁静，就可以记下那些沉沉入睡的夜晚，儿时的每一个梦，我们都回去看过。

所有人都会老，都会永远离开，只有把喜欢的事情做了，把不想做的事都放弃了，才能在几分自在自得中数着日子，对着每天绚烂的夕阳，等着永世降临。

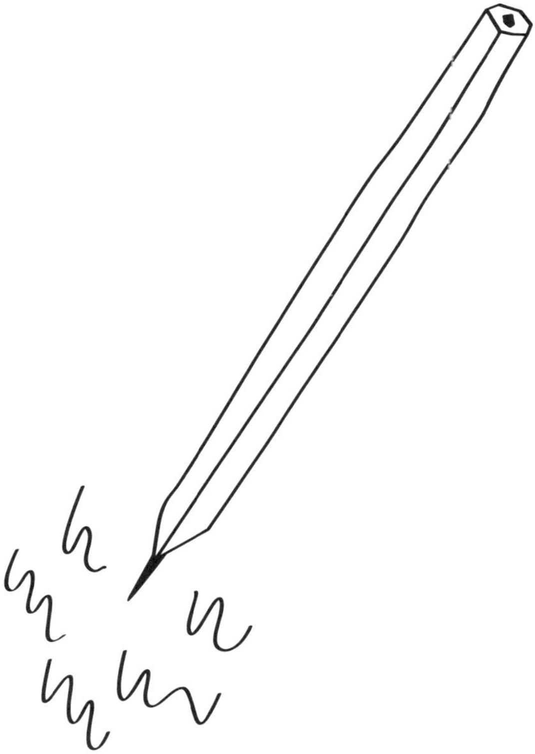

第五章 人有眼障，也有心盲

46

“

最早读王小波的《一只特立独行的猪》是很多年前，借阅的。2007 年买了北方文艺出版社的 2006 年 4 月版。书里除了文化杂文，还有给其他书写的序言与跋语，轻松，戏谑，如山间跳跃的小鹿。

最喜欢其中的一句话是：“我活在世上，无非想要明白些道理，遇见些有趣的事。”

”

人有眼障，也有心盲

到了一定阶段，再读过去耳熟能详的所谓传统经典，时常震惊：纰漏之处太多，荒谬误导不少，很多都须重新认知和评估。

例如愚公移山这个寓言故事，自小到大，家长、老师、领导等几乎所有人提起它的时候，都在对我们耳提面命：只要不畏艰难险阻，坚忍不拔，没有什么是战胜不了的！

像喝了兴奋剂一样，很多人在这个故事的激励下，设定一个堪称远大伟大的目标，告诉自己，只要矢志不移，再大的苦难也能克服，再远的高峰也能攀登，一辈子不管不顾走下去，头破血流，撞到南墙也不回头。

后来清醒了才发现愚公移山其实是个盛大虚设，就是一碗迷魂汤：最终移山的，根本不是愚公，是天神。因为愚公感动了天帝，天帝才派手下把山移走了。整个移山工程的实施，走的是鼓动人的路子，达到的却是打动神，让神来完成的结果。

世间哪有此类事？愚公移山这个宏大的叙事，完全就是一场欺骗，一种蒙蔽，让人智障一辈子的大忽悠。

但是这么多年，被鼓动的人毫无知觉，傻傻地一路跟着走，还激情澎湃，荣光满面。

再如“先有伯乐然后有千里马”这个振奋人心的典故，也是个伪鼓动，是一碗掺了砒霜的毒鸡血。

自古以来，真有在高位上，一心一意，任马唯贤，无计东西的伯乐吗？那些能够发现千里马的伯乐，真有向上的推荐权吗？制定千里马标准的人，真的以日行千里的真实本领，去衡量千里马，重用千里马吗？那些能够慧眼识人、慧眼识马的伯乐，真的能上位，在重要位置上发挥能耐吗？

再进一步，那些记录在史书的被相中的所谓千里马，是真的千里马吗？关于伯乐和千里马，那些白纸黑字的故事是真的吗？那些千里马和伯乐，真的没有任何利益关系吗？伯乐是真的出于利国利民，而非一己私利，才举荐千里马的吗？

去掉这些涂抹在故事上的脂粉，“先有伯乐然后有千里马”的美好传说，还剩下什么呢？只剩下虽有千里之能、食不饱、力不足的马了吧？只剩下祇辱于奴隶人之手，骈死于槽枥之间的结局了吧？盼望伯乐，也是千年等一回也等不到的吧？

还有视为传统葵花宝典的宝贵遗产“三十六计”。自古以来，兵家用，商家用，管理层也用。

可是仔细推敲任何一条，哪一个不是为了达到目的，不惜以任意破坏规则、违背良知、穿破底线为代价的？有多少不是上不了台面的下三滥行为？有多少不是劣币驱赶良币的恶劣行动？所谓的什么式智慧、什么式聪明，暗藏了多少不管黑白、不论是非、无视正邪的灰暗玄机？而胜王败寇的沾沾自喜、耀武扬威，又有多少已经被现代文明摒弃的恶俗粗鄙？

人有眼障，有心盲，也有智障。有的人三者皆有。

所以，很多东西需要远一点、再远一点，冷静再冷静，才能看得更清晰一些。如同深秋，繁华落尽，才看得出山川和原野的本真，也就不那么容易被蒙蔽。

每天上班直达单位的路有三条，但通常走的只是基本固定的那个，没有意外情况不会改变。多年来，习惯走这条路了。

美国小说家杰克·霍吉经过研究发现，人每天高达 90% 的行为是出于习惯。就像冷水中的青蛙，人的变化和习惯是逐渐的，不知不觉中形成。

巧合的是，这三条上班的路，都要经过 9 个红绿灯路口才能到单位。总觉得，九九归一的天道，无处不在；道法自然，也无处不在。

不管有多忙，行车路上很少变道，更不抢道。就是路上再空落，车子再稀少，车速绝对控制在 60 迈以下。

留心观察那些抢道变道的，时间久了会发现，他们其实并没有比规规矩矩开车的人快多少。常常会在下一个路口，看到他们就在身边的另一条平行道上，一起停在红灯前。

在红绿灯规则运行时，再怎么投机取巧，也巧不到哪里去。甚至，很多次都发现那抢道插队的人，在路口被交警叫停谈话了，被开单子罚款了。

投机取巧、走捷径的人，要规避风险，费心费力且不说，看上去总有几分鬼鬼祟祟，几分慌不择路，隐隐约约像是奔着一场潜在的磕磕绊绊，栽跟头、出乱子是必然的。老老实实开车行路不好吗？守规矩秩序井然不好吗？

有时候上班路上会一路绿灯，畅通无阻；有时候则一路红灯，各个路口都得等待。

梁启超说：人生之境顺逆交替，顺境之后必是逆境，逆境之后必是顺境。哪有永远一路绿灯到底或者一路红灯的？沉住气走就是了。

记得2017年3月26日，上海开始实行新的交通规则。可能是大家对新的规定都有点紧张，那天一路都有点堵。在一个大路口，绿灯亮时，斑马线对面还有车子停着，是上一波没走掉的，包括一些拐弯没拐完的，俗称甩尾。

恰好我停在斑马线第一排，不知道此时该走还是不该走——记得新交规上写着，这样的情形是不允许前行的，需要等到前一波路口的车子走完。

犹豫着，瞥见并排的一辆奥迪越野也停着不走，心里有了底，就和它一起静静等着。渐渐的，前面路口车子走得差不多了，看到奥迪越野前行了，才开始开动。而后发现那奥迪越野很守规矩，不急不躁，一路上和前面车子总保持足够车距，路口让人，停车绝对在斑马线之内几尺远，就心生无名欢喜，学着它的样子一路开。

人在路上摸不清情形，也不熟悉新规则的时候，有个沉稳守规则的人同行，太重要了。这就像月光，作为沉静亦清净下来的光亮，清澈、细腻，有微妙可感知的温度，能清晰照见缓行慢走人的来去路。

人和人有一种真正的好：我的我着，你的你着，有事时，彼此搭台配合，互相补台，互相支持。无事时，各自安好，各自走在自己的轨迹里，打马前行。我在意你，因为彼此气息相投，有相同的维度，相近的气息。

所有的伸手相助，皆出于自然、善意、尽心，并且真的不需要回报。如果真的有回报时，也坦然微笑，尔后，各自依然故我的同时，会更加在意对方，对方的高才美调，对方的心如风梢。

但如果有人为了别人，自己似乎不存在了，好像一切只是为了别人，完全没有自我了，其背后一定潜藏着迷失，丢了自我。这不是好，是过于好。

所有的过于好，乍一触碰觉得特别温暖。但是过热到烫人，就会灼人，之后的结局注定苍凉。

很多人意识不到，“要做自己的王”，这是每个生命最深的需求：自我，以自我为中心来建构一个生命绽放的世界，活力四射的世界，花开缤纷的世界。有时不自觉中就会陷入误区——认为自己的价值就在家、国、天下，就在于对别人好，为国、为天下、为社会、为别人，甚至可以为之舍弃自我。

可另一面，潜意识中“要做自己的王”这一本能，又无论如何也抹不掉，自始至终在潜滋暗长，穿过集体主义、家国大业的篱笆，怒放出来。于是，人就有了落差和悖逆，就有了作伪和欺骗。

人与人亲密关系的生成，不在于物质和利益，这两样东西都不能达成亲密。关系亲密，在于高才美调引起的心灵共振，本性相近产生的心心相通，敞开真实带来的无碍接纳。

可要具备这些，多难！

所以，尽管世间的一切归途最终都是苍凉，还是期待那种好：当彼此相遇，看到夜行的烛光，在相互尊重、碰撞、密切、相通的同时，始终都有各自的持守，我伫立，你也伫立，在各自的山头，各自的土地。一阵风来，相互致意，也相互暗香盈袖。

不管多远多近，各自花开千枝，情止于礼敬，意落于天涯，神清朗逸，林下幽风。你就那么你，我就这么我，走在自己的日光和月光里。

第五章　人有眼障，也有心盲

47

“

今天是教师节。上海灰暗的天空布满了云，有风。从早晨开始，学生的祝福微信纷至沓来，一直绵延到下午。一些毕业后的学生，还会提及他们的大学时光，那些没有多少生存压力的日子。每次回首，都会让他们从凡尘中抽身出去，飞到那一片彼岸和乐土。我也想起了我的大学时光，那种懵懂、青涩、不知世事的简单，以及因为简单而带来的安静，没有任何功利目标的泛泛阅读。我也想起了让我受益至今也将受益终身的诸位老师，尤其是文艺理论课的陈老师。先生的大作《艺术与人生》（安徽人民出版社 2005 年 12 月版），一直在我的书橱深处，时不时会拿出来翻翻。见字如面。

”

见字如面

高山仰止，景行景止

大学的第一学期，给我们上“文艺理论”的是陈老师。从第一节课开始就深深吸引了我。

陈老师30来岁，戴着近视镜，中等身材，稍显瘦削。上海人，下放知青。工农兵学员，因为优秀留校任教。

那时，他虽然还是个助教，但在同学们心目中地位很高。只因为站在讲台上的他，雄辩滔滔，几近口若悬河；妙语连珠，如同嘈嘈切切错杂弹，大珠小珠落玉盘；情真意切，在迂回舒缓中，带着我们走入不同作品的情感世界。

又写得一手漂亮的粉笔字，一笔一画都是那么潇洒漂亮，甚至连同随意挥洒出的那一个个标点符号。衣着干净利索，从衬衣、外套到鞋子，都保持一尘不染。头发又黑又密，有微微的自然卷。

似乎整个大学四年，我从来没有和陈老师说过一句话。只是静静关注他，听到他破格成为副教授的消息、破格成为正教授的消息，悄悄欢愉，走在小路上自个儿雀跃。

在安宁之中，我知道老师是那么深地影响了我。小小弱弱的一个女生，总是静静坐在第一排，倾听他的每一节课，每一句话，注视他的神情、目光、身姿、写字的手；认真记录下他的每一节课讲稿，包括大大小小的作品、作家、例子；阅读他开列读书目录中的每一本书，悄悄模仿他的字迹。

甚至，暗暗发誓将来要成为另一个陈老师。

我知道我对老师的模仿行为很幼稚可笑，但是心里一直鼓励自己：哪一个成功不是从对高手的模仿开始的？

“高山仰止，景行景止，虽不能至，心向往之。”那时候，常常以为司马迁赞美孔子的这句话，也是替我说给陈老师的。

永存的记忆碎片

离开母校，转眼间 30 年过去了，大学四年的整体脉络和轨迹也在一天天淡化。然而关于陈老师的很多记忆碎片却依然清晰，历久弥新。

每次想来，那些碎片都会在瞬间从我心底的清清莲池中泛起，串成一个顶尖级的蓝宝石项链，闪烁在我眼前，滋润我的精神和灵魂。

记得有一次，他在讲文学作品表达必须具备的三个要素——绵长的深情、时空的转移和精当卓越的构思时，以杜甫《月夜》为例。

他先是行云流水一般在黑板上挥洒出了这首诗，然后慢慢道来因安史之乱爆发，杜甫把妻儿家室安置在鄜州的背景，进而解读杜甫在那个特殊战乱之际月夜思亲的情怀：整首诗以一轮明月兴起思念情，一轮明月，两地相思，思情悠远，月夜朦胧，两相交融，其情其景其境，清丽深婉，寂寥凄清。

之后，他借题发挥，随意拓展他的感受：“昨晚也是一个明月之夜，我的妻子带着我刚刚出生两个月的女儿远在上海。我们在一个弄堂里长大，两小无猜青梅竹马。多年前，我下放到了农村成为地道的农民，留在上海的她不顾家里的反对，一直爱我，和我结婚。现在，她又是一个人在上海工作、抚养我们的女儿。昨晚，深夜我看书累了的时候，一个人在校园里走，看着空中的月亮，想着远在上海的妻子和女儿。女儿太小，她不能理解她的妈妈对她和爸爸的爱，也不能理解爸爸对她和妈妈的爱。而我，内心十分羞惭，我，在这和平年代里竟然也不能尽一个丈夫和父亲的职责，哪怕为她们烧上一粥一菜。”

在讲述声越来越低的此时，陈老师顿住了，眼里有隐隐泪光闪现。

听课的座位上，我已悄然泪落笔记本上，蓝色的钢笔字随之花了一片。

一个人对生活感悟的深浅，和心灵的敏感度息息相关，另一个方面，也决定这个世界多大程度上进入了你。只有那些灵魂丰盈的人，才会投入深情去关注这个世界，去关爱亲人、朋友、他人，常常为之动情，为之感念——在我的心目中，陈老师正如此。

也记得另一次，陈老师讲作家经历与作品之间不可分割的血脉关系时说，这就好比一个人的生活经历注定会决定他的审美情趣、精神境界乃至语言表达、风格特征一样。

随之他又举例道：“有这样一个将军。识字不多，但从十几岁就进入行伍，英勇善战、出生入死、战功赫赫。因为只顾在战场上作战，直到战争结束了还是单身一人。由组织出面，让他和一个参加革命的漂亮女大学生共结连理。

“夫妻之间，男人威武勇猛高大，女人知书识礼娇小，看上去真是幸福的一对。将军，为娶到娇妻开怀，夫人，为嫁给对革命有赫赫战功的丈夫自豪。

“但是，有个月夜，月白风清，他们一起在小花园中漫步。此时皓月当空，引人遐思。将军夫人想起了她大学时代的一次篝火晚会，就是这样的月夜，就是这样晓风拂面，她和她的同学们吟诗作赋，慢舞翩跹。而今，劳燕分飞之后，昔日同学都已散落天涯，绽放在世界各处。想到这里，她不禁轻叹一声：哦，月亮！

将军呢，也恰在此时想起了他的过去。一次他带兵作战，也是一个皓月当空的夜晚。从头一天晚上就开始潜伏在高粱地里，在等待黎明前夕进攻的号角吹响，战士们一路急行军加上潜伏在秋老虎的高粱地里,此时又饥又渴。看着头顶的那轮明月,他的小勤务兵小声说：要是那大月亮是个烧饼该多好啊。想到这里，将军不禁笑了，仰头望月，随口用他的山东家土话道：真像个烧饼！

“听了这句话，夫人愕然。从此之后，心头怅然不断。”

“夫妻之间，文化修养和审美品格相差越大，各自的寂寞越大，即便是同床共枕，相伴相随，都无法弥合心灵的孤寂，各自都会极其寂寞的。”

陈老师的这段话，尤其是最后这句话，让我在惘然中沉思：人与人之间不管有多亲密，是夫妻、父母儿女、朋友，兄弟姐妹、相伴知己，每个灵魂也可能是寂寞的、孤独的。

有些人看起来云淡风轻，看不到的心底却有不知道怎样的咬紧牙关与狼共舞。有些人看起来如清晨小河流淌一样安然淡然，却是几多夜半枯坐与无声泪落。虽然同行同止的状态，时常是平常岁月里很多人的样子，但每个人的深处却永远是独行者。

孤独是永久的。大地不灭，人的孤独不灭。

与恩师相聚在上海

因为有陈老师这个永远的榜样，多年之后，当我一路过了破格副教授、破格正教授关口之后，一个偶然的机会，得以以人才引进方式进入陈老师的故乡上海工作。

而陈老师却一直因为各种阻隔，未能如愿回到他魂牵梦绕的上海故里，依然还在我的母校。退休之后的师母，前往那里和他团聚，落户上海的，只有他们女儿一家。

当我稍稍在上海落定之后，就开始四处打听有无高校可以为陈老师提供一个位子。只因我心里明白，回归故里上海，是陈老师的一个梦。

无奈在经济大潮冲击下，中文专业已被看作是无用之业，绝大多数高校的中文系都已萧条冷落，门前鞍马稀。要提供一个文艺理论的教授位子，太难了。况陈老师年岁已高，一生不喜钻营谋求，更不会利用自己的名教授身份到处寻租。

虽然我的愿望最后无果而终，但很快有了可以请陈老师再次指教的机会——我承担了两个课程制作项目，一是古代文学名家讲堂，一是文艺理论精品课程。

我知道，在全国范围内，有不少文艺理论教授的名气超过陈老师，陈老师也不一定是当下世俗判断标准下，能让这两个课程能有很大市场效应的名教授。

可是我以为陈老师在传道授业解惑过程中，以人文精神感染人，以纯净情怀陶冶人，以言传身教砥砺人，当属我认识教授的第一。

确立课程制作方案之后，开始想方设法联系陈老师。这么多年，只是默默关注中他，从未联系过。好在我们每个人和自己的母校永远有千丝万缕的联系。很快，我找到了陈老师，在电话里向他说明自己是谁，在何处之后，盛情邀请他做项目的主讲专家。

如同父母会在儿女需要帮助的时候，不计任何条件奔赴儿女所在地一样，陈老师立即欣然应允：一定会帮我完成完项目，按照计划和约好的日子来上海录课。

陈老师来上海的日子终于到了。

那一天，我约了在上海工作的两位师弟陪我迎接陈老师，我要以这种方式给陈老师一个惊喜——他开放在上海的桃李，不止一个两个。

当陈老师出现在面前时，一时间真是悲欣交集。他已经鬓染霜花，头发稀了，个子好像也矮了。可是，他依然精神矍铄，神采仿佛如昨，笑容仍然纯粹。

当年最让我仰慕的、他身上那种只有能够保持独立个性的读书人才有的仙风道骨，竟然在权利与金钱齐飞、钻营共腐败一色的大环境下，仍在。

考虑到陈老师不再年轻，我让一个师弟和陈老师同住宾馆专门负责陪陈老师，照顾他的衣食住行，并细细叮嘱师弟需要注意的方方面面。陈老师在听着这些安排的过程中，脸上挂满享受学生温暖时才有的幸福的笑。

录像开始的那天，进入演播室才从导播那里知道，陈老师只着西装不合标准，必须配上领带。而陈老师没带领带过来，因为，之前他从未戴过领带。

我请导播稍等片刻，立即去近旁其他办公室找男同事借领带。

待我再赶到录像室，离约定开始录课的时间只有十分钟了。当我把领带交给陈老师的时候，却发现已经在舞台灯光下的陈老师，似乎怎么也打不好那个能增添男人风度的结，陪同他的师弟上去帮忙好像也是白搭。看着他们师徒在灯光下相视莞尔，我不再顾及男女有别，跑上去给陈老师打好。

这当儿，我看到在讲台上潇洒得如同可以指挥千军万马的陈老师，在我们几个学生面前，竟有些羞涩和腼腆，像个大男孩。

在陈老师终于准时坐到了镜头前时，我又发现陈老师的西装有点偏，赶紧示意师弟再上去。师弟机灵，三步两步走近陈老师，帮他正了正衣服，也帮他压平头上的几根乱发。

一切就绪，我在导播间外面工作室的荧屏前静静坐着。我看陈老师在镜头下，先是晃了晃肩膀，伸展几下手指，攒一攒眉头，一副严阵以待的架势，刚才的腼腆与羞涩一下子不见了，仿佛霎时已经凝敛起来，陡生一股虎气，威仪灼灼，望之凛然，与台下的那种文弱、谦和判若两人。

我也不由得跟着挺挺脊背，坐直了身子。导播小马说："开始！"陈老师开讲了。

起头几句，他有点不自然，毕竟是第一次面对着空镜头，没有学生配合，而且又被强光灯照着。但很快语气就顺畅了，逐渐进入忘我的境界。小马赞叹说，拍了这么多课，很少有这么快就适应镜头的！

我也仿佛回到多年前的大学课堂，全神贯注听起来。

数天后，陈老师离开上海返回他的校园。数月后，由陈老师主讲的项目获得教育部奖，同时也作为公开课在网站向社会公开。当我把消息报告给陈老师时，电话那边传来了爽朗的欢笑。

又是一年后，这个项目成为母校为陈老师申请国家级精品课程的重要辅助材料之一，且母校的申请最终大功告成。

那一刻，我觉得自己毕业后，所有在一直向前奋斗路上的困苦，在老师面前都值了。

第五章 人有眼障，也有心盲

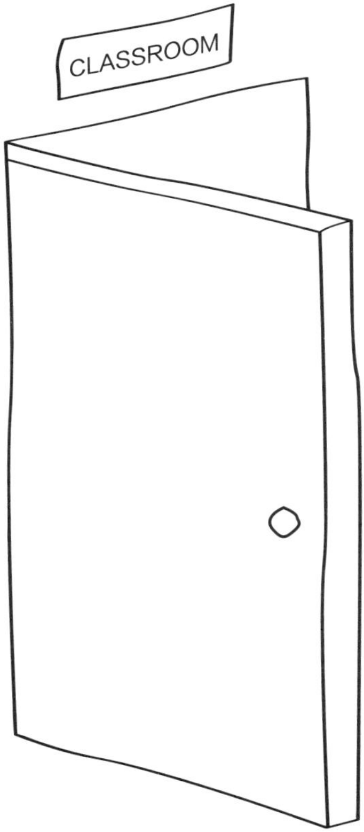

48

“

我的书橱里有两本书不常看却珍藏的，一本是《玄妙之境》（东北师范大学出版社 1997 年 5 月版），一本是《林下风韵——田园山水诗派精品赏析》（吉林文史出版社 1997 年 1 月版），作者是我的老师张海明教授。珍惜那些文字，不是文字里有多生动的故事，而是字里行间有张老师当年的心灵痕迹。

人生最大的欢趣之一，就是你做学生时有最敬仰的老师，敬仰到你想成为他；你做老师时有最敬仰你的学生，敬仰到他想成为你。

今天是二十四节气的小雪，网上查询得知北京已经开始供暖，想起退休安居在北京的张老师和师母，也想起了 19 年前跟随老师学习的一幕幕。

”

先生之风，山高水长

拜师门下

2001年9月初，历经几多曲折之后，我终于得以来到北师大做高级访问学者，导师是张海明教授。

在学校报到完毕，我叩响了张老师家的门，捧着大大的一束白玫瑰。

那是个黄昏，张老师家楼下的一株枫树正在变成赭红。

尽管之前通过数次电话，但是在老师和师母面前坐下来后，还是有几分忐忑，是那种学生初见老师才有的惶恐不安。

近在咫尺的张老师，看上去非常安静，儒雅而清瘦，沉稳而坚定，声音是轻的，目光是淡定的。衣着虽很随意，但质地精良。举止之间，映照着良好的家庭背景和自我修养。师母则安静坐在一旁，眼带笑意。

这些，和我想象中的一致。

一种深秋时节才有的明沙净水，在我眼前铺展开来。

坐定，张老师说："你的简历我都看了。从你发表的文章看，你涉猎范围较广，也有一定深度，这说明你有悟性；你的那些教学科研奖励，虽为虚名，但可以看出你的敬业和勤奋。有这两点，就够了。知道你这次能出来学习不容易，你在学校承担的课程多，又在教务处管理教学，家里呢，儿子尚小。所以，我想听听你的打算和愿望，好让我心中有数。”

只此一席贴心言，我心已暖。稍微想了一下，我道：

> 张老师，师母，感激你们收我为徒。古人说，一日为师，终生为师，今天我就对二位老师坦言了——从上大学开始，我就选定了此生的生活路子：有一份喜欢的工作，依靠自己的一点能力静静活着。只因为一直很赞成鲁迅先生说过的那种期望，只要以工作赚得生活费，不受意外的气，又有点自己玩玩的余暇，就可以算是幸福了。所以我觉得自己只有一条路可走，那就是靠着自己的努力上职称，然后教教书、读读书，安然淡然到老。
>
> 可是，走职称这条路也很难啊，到处都是僧多粥少，老师和师母都清楚。因此我想我必须走在前面，才可能沿着这华山一条路向上。所以这些年一直不敢懈怠，我副教授是 1995 年评的，那一年教育部给每个高校两个青年破格名额，一文一理。条件虽然苛刻，可是文件明确，评上者可以终身不占学校指标。我有幸评上了，成为学校最年轻的副教授。到今天，我们学校还有一批即将退休的老师，因为是那个十年的遗留，没有上这个职称。
>
> 而我呢，目前新的困境又来了。按照时间节点，我该上正高了。但竞争比之前更加激烈，要走这个独木桥的同事太多了。要想绝处逢生，我必须有更多成果。正巧我婆婆今年退休，可以去我们家帮我们。所以，不管学校有多不乐意，我果断放下一切事情出来访学。我带来了自己写好的几篇文章，先请老师过目。我也列出了这一年自己听课、读书和研究的计划，包括研究方向及论文框架，也一并呈给老师，请老师给我指教。

听完我的话，老师和师母半晌无语，而静静看着我的眼神，变得更柔和了。

大约一周过后，张老师电话我：

感动。对着电话，只是说了一句："张老师，谢谢您的鼓励，谢谢，我会努力的！"

> 你的文章和研究计划我都细细看了，很好。你的文章，除了需要再强化一点文献典籍的考证和翔实之外，我以为可以完全放手了。我需要为你出面强化的，就是帮你联系发文章的杂志和编辑，这个，和你把文章写出来同样重要。
>
> 还有，就是尽可能多地让你参加各种会议，给你提供和学术界教授们交流的机会。你是专业功底扎实又善写的，缺少的就是平台和机会。

做门下书童

齐白石曾率性而言："青藤、雪个、大涤子之画，能横涂纵抹，余心极服之。恨不生前三百年，或为诸君磨墨理纸，诸君不纳，余于门之外饿而不去，亦快事也。"而在他之前的郑板桥，也曾刻过一个自用印章，云："徐青藤门下走狗郑燮。"

虽然我不愿用"门下走狗"一语，来表达我对老师的敬仰与恭顺之敬，但每次想到齐白石、郑板桥对心中之师的这份率性，还是会心头一热。

跟随张老师访学的日子开始之后，我每天都忙到深夜 1 点后。尽管在来学习之前，我已经做了很多功课，读完了所有能找到的张老师的文章与著作，且把大部分都复印下来了。那时候我还不会上网，也没有 e-mail。为此，不知在图书馆里度过多少周末和夜晚。

但是，我以为文章只是老师的一部分，而人，则可以展现他所有的文章。我要看看老师在文字中投射的那种磊落、不羁与清俊风骨，是否也在生活中朗照着。也读完了老师推荐的所有参考书、资料汇集。

每天，除了上图书馆、阅览室之外，我尽可能去听张老师为本科生、硕士生、博士生上的每一门、每一节课，参加他主持的所有学术讨论活动。同时，也挤出时间去听他推荐的其他老师的课。我想通过这些不同的时空和场景，进一步感受张老师其人、其情、其学、其才，其风骨精神，如何为学生授业解惑，感受自己涉猎的这个学术圈所有高人的学养和风骨。

倾听。注视。远望。感受。思考。静静的。

课间休息时，张老师会到走廊的窗口去抽烟，那背影看上去落寞又自我。如果他待的时间有点久，我会轻轻走过去，和他聊上几句。

有时候张老师会让我帮他做一些小事，如把他手写的给硕士生、博士生文章的评语整理出来等，我都会极恭敬、极认真地完成。

偶尔，在张老师、师母都没有会议，也不忙碌的周末，我会邀请他和师母出来简餐，叫上他们的一两个博士生。

张老师和师母没有孩子。在我心底，没有孩子的人不管多大多老，都还是孩子，需要一点点呵护与关照。况且，老师故乡云南，有兄弟四个，缺少那种姐妹的情怀。而师母虽是北京人，唯一的弟弟却在德国，父母皆老迈，只有他们照顾父母的份，没有人呵护他们的份。我就是想在周末出来吃饭的时候，让他们换换空气，放松一下。

很多次，在出去吃饭的路上，看着老师和师母走在前面，快乐地轻声说笑，我都觉得很欣慰，也会觉得自己就是欧阳修《秋声赋》结尾处，那个在“四壁虫声唧唧”中，“垂头而睡”的幸福童子。

顾我助我，护我佑我

因为张老师的协调和努力，那一年我跟随张老师参加了很多学术会议，各种层面的，各地举行的，各个主题的。有些会议规定是只有博导才可以参加，我却得以进去旁听。这中间，一向不喜抛头露面、不喜应酬的张老师，不知委屈了多少自己去恳请。想来，就心里发酸。

记得有一次要去小汤山开会，因为得到消息很迟，而行色匆匆。到了教授们齐聚的大巴车上，我才想起来包里只有不多的一点银子，已经来不及去银行了。也许会缴会务费，还有住宿费。想到这里不免心中焦虑，忍不住小声对坐在一起的张老师的博士生说：“出来太匆忙了，我担心自己带的银子不够呐。”半分钟后，就收到了坐在两排之前张老师的短信：“你们不要担心钱，我带得多。”

那份暖！喜欢沉默的张老师，对学生总是心细如发。

另一次跟随张老师去参加一个杂志圈子的会议。午餐前，坐在我身边的张主编（一个重要杂志的主编，张老师的挚友）对张老师说：“你带小杨去认识一下在座的。知道你不爱喝酒。你不必多喝，点到即可。”

我知道，这种场合张老师是不会去主动到处敬酒的，且此时与会者有三桌之多。担心着，一下子不知如何是好。谁知张老师很快就起身，端着斟满酒的杯子，走向其他人。而此时，我竟然还在呆坐着。

张主编见状，低声对我道："你这个傻瓜，你老师是为你去敬酒的，你还呆坐着，还不快跟去！"同时，他一把抓住我的肩膀，几乎是把我拎起来，一边斟好大半杯酒，塞到我手里，令道："快去！"

那一瞬，我差点落下泪来。为张老师，为张老师的这个挚友主编。

待我的文章一篇篇成形后，身为现当代文学博导的师母也渐渐加入进来一起帮我。她和张老师一起为我找学报杂志编辑，向他们熟悉的每一个核心刊物编辑推荐我的文章。写学术文章的人都知道，要在重点核心期刊上发一篇文章，比让一个文弱书生杀死一条牛还难。一想到做人孤傲的师母，为了我给她的好友及熟人打电话，向他们介绍我，我就心怀愧疚，感觉自己太让他们费心了。

走过那段日子，张老师和师母，一点点烙印在我的心里，成为我学业和精神的引路人。

先生之风，山高水长

一年的访学结束之后，其间我撰写的 5 篇文章，和原来写好的 4 篇，一共 9 篇论文陆续发表，无一例外。刊文杂志则多为重点刊物，包括《光明日报》（理论版）、《东方丛刊》、《民族文学研究》、《中国文学研究》、《小说评论》等。

加上之前的教学与科研积累，回校后的当年，我顺利破格晋升职称，成为学校最年轻的教授，初步完成了自己此生既定的所谓事业目标。

我对自己说：苟且度日的一窟已就，可以暂且闲庭信步了。

更重要的，从那时起，我拥有了张老师和师母带给我的那份人间恩师情。它，温我，暖我，荡涤我，激励我，伴我同行，教我如何为师，如何为学，如何不负此生。而我对老师的这份顶礼敬仰之情，也延及我最好的朋友和学生。

在我离开北师大的第四年，一个挚友考取了师母的博士，跟随师母勤勉为学，于2007年取得北师大京师校友金声奖学金，2008年荣获北师大学优秀博士毕业研究生。第五年，我一个学生考取了张老师的博士，跟着老师精进学业，毕业后成为北京最具文学气质的实力派教学名师，在各大教学平台为看见看不见的众多学子授课解惑。

“我爱吾师，但我更爱真理。”亚里士多德如是说。我却想说：“我爱真理，但我更爱吾师。”因为，真理是那么远，那么玄，那么遥不可及；吾师，却是那么近，那么笃实，那么近在咫尺；而我，是这么微小，这么易老，这么可有可无，因为有良师指引，才得以借光而行，砥砺在路。

云山苍苍，江水泱泱，先生之风，山高水长——祝愿渐渐年迈却依然矍铄的张老师和师母：一切安好！

49

“

多年以前曾痴迷金庸、古龙、梁羽生的武侠小说，凡能借到的，都想方设法弄来读，可以不吃饭不睡觉，一口气把一本读完。手头金庸的《笑傲江湖》是广州出版社 2013 年 4 月的软精装版。距离金庸 1967 年开始创作并连载于《明报》，1969 年完成，已四十余年。这本书最突出的是它的模糊美学境界——作品没有设置时代背景，“类似的情景可以发生在任何朝代”，小说叙述的华山派大弟子令狐冲的人生经历，武林各派争霸夺权的情形，政治斗争的复杂与灰暗，就是中国历史几千年的映照，其跌宕起伏、波谲云诡的特征，依然在当下发生着，绵延着。此外，最深切的还有作者寄寓的人生感慨，诸如：“只要有人的地方就有恩怨，有恩怨就会有江湖，人就是江湖。”“其实都是有情人，只是很多事情，终将都被淹没了。”“大难不死，必有下回。”“是非只因强出口，烦恼只为强出头。”

”

我们已不是我们，我们还是我们

说是炽热的小暑时节，但这个下午，恰是暑假伊始，凉凉的细雨天，就是浮世里掠过一阵清风。

素食简餐，煮茶静坐，开窗听雨。看窗前的草地树丛，雨滴落入草丛，听断断续续的鸟叫。

细雨凉风下，树丛草地间蜿蜒小路杳无人影。就连平时拎着大包小包水果蔬菜的居家邻居，被大大小小宠物狗牵着，跌跌撞撞的各色忙人，也不见了。

一直忙于闲杂琐事，但在昨天傍晚皆已做一绾结，开始假日模式。心中无挂碍了，自会一点虚空逍遥。

一念之间，可以穿越千万里风尘，看到在天外之天，地平线之外的地平线。

近旁，远方，日常相识相伴的同事、同学、亲友，也在此时穿过林立的高楼和街区，浮在我眼前。

平时空下来看朋友圈，已经习惯了谁是最早的一个，谁是最迟的一个，谁是临睡前分享音乐的一个。如果哪天白天忙得无暇看朋友圈，夜深时，找到最早的那个，一路看下去，刷到最迟的那个，就知道这一天远远近近亲友和同事的大致状态了。

那些曾经的初逢，经过多年的砥砺，留下来的，都已成为生活乃至生命的一部分了。

想起《笑傲江湖》中东方不败政变的那一年端午节晚宴上，任盈盈说：“每年喝酒，熟面孔都在减少。”细思极恐。

总有些人，在某个时候，奔过来；在另一个时候，轻别去。

年少时觉得适合朗诵的文字就是最好的，一步一脆响，就像穿着高跟鞋笃笃笃从石板路上走过，心生欢喜，昂昂然，似乎什么事情都能搞定似的。

后来才知道，朗朗上口的，多浮在人生表面，消磨真实，让人弱智。

而最好的日常文字，就是陶渊明那样三句两句就直入生命深处，让人静默无言的。浅显得让人忘记了它是诗歌，只觉得眼前是深冬郊外的一方野塘，虽是微微粼波清澈见底，却透着让人心惊的彻骨凉：池底什么都有、淤泥、残叶、枯枝、散落的莲子、瘦弱的游鱼。冬阳穿过，明的、暗的、死去的、奔赴的、有点明媚的、深哀巨痛的，什么都有，一如真实的人生。

“人生无根蒂，飘如陌上尘。分散逐风转，此已非常身。”人一辈子就是无根之木、无蒂之花，飘若旷野飞尘，聚散飞落皆身不由己。种种遭遇，种种变故不断，都在改变人、磨折人，走着走着，谁都不是最初的自我了。

他说，既然每个人都已不是最初的自我，那又何必在乎骨肉之亲，血缘之情？落地为人的，都是兄弟。

我以为我是个幸运的人，在远离故土的这样一个都市，可以在工作中、生活中，透过不大不小的朋友圈，看千万心情、千万山水。也有那么多人翻山越岭来读我的字，看我的图片，听我的乐曲，时隐时现，带来温和宁静，也带来蓑衣竹杖。如清风，也如溪流，半月在天。

我在你们的图片里微笑，也在你们的文字里沉息，在你们的音乐里安心。

俗世生活里，几乎人人都渴望的轻安，就是如此吧？

我们都会在别人的轻安里调息、止念、持戒、精进，相伴着慢慢衰老，慢慢归真。

一直相信，这世间总有些人注定相遇，以文字，以图片，以欢笑，互相取暖，驱风散寒。

无涯的静默里，深深喜欢这样有车马喧嚣，又有泉鸣山涧，清风吹拂的生活，既有一粥一饭、一茶一菜的平庸幸福，也有山居石泉，隐在秋暝的安详。

所有这些，岁月再老，又哪里带得走？

我们已不是我们，我们还是我们。

50

“

《香祖笔记》为清代笔记小说集，作者王士禛。自序中称其于康熙“壬午后急还京师，偶有见闻，笔之简策”，又据作者好友宋荦为此书所作序中称王士禛“又辑癸未迄甲申两年笔记，属校订为序”，以及宋荦序作于康熙乙酉来看，这部书主要为作者康熙四十二至四十三年（1703—1704）所作，刻行于康熙四十四年（1705）。本书有康熙乙酉家刻渔洋全集本，宣统二年（1910）上海扫叶山房石印本，1924 年扫叶山房石印本、申报馆丛书续集本，清代笔记丛刊本、笔记小说大观本，1928 年上海古籍出版社湛之校点本较为完备。

我最早阅读的《香祖笔记》，是“明清笔记丛书（共 17 册）”中的一本，上海古籍出版社 1982 年 12 月版。那时候对王士禛的了解只限于老师在古代文学课上的简单介绍，读这本书时只把它当作王士禛作辑录的一部笔记小说，记得书中有议论史事得失的，有阐述名物源流的，有记载遗闻轶事、风俗掌故的，很有趣。但当时是奔着查寻“陌上花开，可缓缓归矣”这个掌故借阅的，所以如眼中云烟，几乎无痕。

”

夕阳山外山

记得大学一次读书时偶然读到了“陌上花开，可缓缓归矣”一句，觉得深情婉约到极致，自己却说不出好在何处，就顺着藤蔓追踪到了其出处王士祯的《香祖笔记》，想把写出这句妙文的那个钟情男人吴越王钱镠看个究竟。

翻阅到掌故所在，但见王士祯这般赞道：

> 钱武肃王目不知书，然其寄夫人书云：“陌上花开，可缓缓归矣。”——不过数言，而姿致无限，虽复文人操笔，无以过之。
>
> 东坡演之为“陌上花三绝句”云：“陌上花开蝴蝶飞，江山犹是昔人非；遗民几度垂垂老，游女还歌缓缓归！”……

读完这本书，才知道“陌上花开，可缓缓归矣”这个动人故事，最早源于钱武肃王，之后苏东坡、晁补之等人的《陌上花》，都是由此演绎而成。

至此还觉得意犹未尽，又去翻阅有相类记录文字的《永乐大典》《西湖二集》等，最后找到了《新五代史·吴越世家》。

于是，那个钟情男人吴越王钱镠写出此句绝唱时的大致状态水落石出了。

吴越王钱镠的原配夫人戴氏王妃，乃横溪郎碧村一农家女，是乡里出了名的贤淑女儿。自嫁到钱家之后，就跟随钱镠南征北战，在惊魂不定中过了半辈子才成为一国之母。成为国母之后的戴氏依然不舍故乡及故乡已经年迈的双亲，年年春天都要回娘家侍奉双亲住上一段时间。本是性情中人的钱镠虽贵至一国之君，却最念糟糠结发之妻。每次戴氏回家住得久了，便要带信给她，或思念、或问候，自然也暗含催归之意。

那时候临安到郎碧要翻一座岭。路上，一边是陡峭的山峰，一边是湍急的苕溪溪流。钱镠担心戴氏夫人沿途不便也不安全，就专门拨出银子前去铺石修路，路旁边还加设栏杆。

又是一年戴妃回娘家的时光，有一日钱镠在杭州料理政事稍觉疲惫，就走出宫门转悠一会。此时却见凤凰山脚及西湖堤岸已春光烂漫，不觉念起戴氏夫人回娘家已多时了，当即回到宫中提笔修书一封，其间有这么一句："陌上花开，可缓缓归矣。"意思是："那小路上的花都开了，你可以回来了吧？你回来的时候不要着急，慢慢走，慢慢看啊。"

据说戴氏夫人在读到这句时，竟落下泪来。

但我为这个故事感动之时，却也知道了身为吴越开国君主的钱镠，虽然出身贫寒、能征善战，竟然也诗文俱佳，兼善书法，尤其是草楷，而且在位 41 年，仅有名录在籍的儿子就有 37 个。

这些儿子为多少个女人所生？有那么多女人的男人，其男女情感要分割成多少块？能留给夫人戴氏王妃又能有多少？

这样想来，那个因“陌上花开，可缓缓归矣”的钟情者钱镠，就像由春至秋又至冬的大树，在我心中黯然失色，由绿而浅灰，乃至深灰了。

联想到一次在网上，看到一个生物学家挂了一张照片让众人猜。最后他把谜底揭晓：看上去俨然是高低起伏、坑坑洼洼、丘陵沟壑描绘图的照片，原来是显微镜下一张绝代佳人的脸。

也许，这世间的诸种物象，诸等英雄，诸等美丽，诸种爱恋，都是这么不堪细睹。

这样想着，对原先认识中的历史人物钱镠，不觉暗淡下来。甚至，有了很多的“不信”，对人情、人性、世间传说中的种种美好。

在如此索然中恍恍惚惚过了一些年后，有一日因为一首诗，才豁然走出了这团云雾。

那首诗是我一直倾心的台湾诗人周梦蝶写于“二〇〇四年甲申端午节后十日”的，《我选择二十一行——仿波兰女诗人 WissLawa Szymborska》：

而其中最让我惊醒的句子是：“读其书诵其诗，而不必识其人。”“我选择以水为师——高处高平，低处低平。”这状态，多吻合《易经》坤卦之宽以待人、厚以待物的精神。

我选择紫色，
我选择早睡早起早出早归。
我选择冷粥，破砚，晴窗，
忙人之所闲而闲人之所忙。
我选择非必不得已，
一切事，无分巨细，总自己动手。

我选择人一能之己十之，人十能之己百之。
我选择以水为师——高处高平，低处低平。
我选择以草为性命，
如卷施，根拔而心不死。
我选择高枕，地牛动时，亦欣然与之俱动。

我选择岁月静好，猕猴亦知吃果子拜树头。
我选择读其书诵其诗，而不必识其人。
我选择不妨有佳篇而无佳句。
我选择好风如水，有不速之客一人来。
我选择轴心，而不漠视旋转。

我选择春江水暖，竹外桃花三两枝。
我选择渐行渐远，
渐与夕阳山外山外山为一，
而曾未偏离足下一毫末。
我选择电话亭：多少是非恩怨，

虽经于耳，不入于心。

我选择鸡未生蛋，蛋未生鸡，

第一最初威音王如来未降迹。

我选择江欲其怒，涧欲其清，路欲其直，

人欲其好德如好色。

我选择无事一念不生，有事一心不乱。

我选择迅雷不及掩耳。

我选择最后一人成究竟觉。

也许岁月和天地之于人，都是均衡的，不会特别厚待谁也不会刻意薄待谁。且，作为血肉之躯、食五谷杂粮的人，谁也不是天人，谁也不是完人。明与暗，功与过，成与败，虚与实，毁与誉，长与短，曲与直，总是交织在每个人的身上。个子有多高，影子就有多长。有多威猛的豪放，就有多阴柔的婉约。只是有些层面一眼就看得见，有些层面一眼看不见而已。

就像春夏的一方池塘，你眼中所见，红的红，绿的绿，葳蕤的葳蕤，狼藉的狼藉一样。即便是时光中的年份月份，还有缺斤短两的闰年呢，还有只有二十八天的二月呢。

“春水渡傍渡，夕阳山外山。”宋代诗人戴复古在他的《世事》如是说。

每一个“不堪细睹”的索然、寂然甚至凄然之后，都该尽快走出去，走到夕阳山外山那边去，渐渐的与夕阳山外山合一，又未曾离开过脚下一步。

后记

人来此世，皆有因缘。从出生起，谁是我们的父母，谁是我们的兄弟，先天注定。

至于后来，谁是我们的朋友，谁是我们的知己，谁是我们的贵人，谁滑入我们的生命轨道，和我们相伴一段路，也是机缘。随缘而聚，随缘而散，在别人，更在我们自己。有些人擦肩而过，很快就走出了我们的视野，渐行渐远。而有些人则留下了，成为伴侣，成为好友，成为不可或缺的部分，甚至改变我们的人生，成为我们生命的湖、生命的林。

重要的物件也一样。一本书，一首歌，一支曲，一幅画，一部电影，都有可能在某个时刻滑入我们的生活，深深触动我们，留下深刻印记，成为我们精神世界的一山一水。

我们在这个世界行走，各自不同阶段经历的挫折与痛苦总量大致是相近的，有些人之所以能够很快越过挫折和痛苦的低谷，跃升到另外一个更高更幸福的层面，是因为他们的眼界和胸怀和我们不一样。

是什么垫高了他们脚下的站位？是什么带领他们穿越当下，从困境中突围？是书籍、音乐、绘画、电影等文学艺术。它们以各自的精彩引着我们去看生活，去看世界，去见证伟大的事件，去端详穷人的面孔和伟人的手势；去看奇异的事物，宇宙、远古、未来、四维、丛林和月亮的影子；去看别人的杰作：革新、发现、创造；去看男人爱的女人和孩子们；去看超越物种的温暖；去看并享受快乐，去看并震撼，去看并领悟。

一个人的感受能力是有限的，但他山之石，可以攻玉，我们完全可以在他人的感知里得到借鉴，长养自我。最大量地感知这个世界了，然后胸怀天下，不被琐屑打倒。

感知了，领悟了，觉醒了，才会有自己的江山万里，才有清景无限处可以栖留。正如同孔明所言：大梦谁先觉，平生我自知。草堂春睡足，窗外日迟迟。

杨敏
2020 年 8 月

图书在版编目（CIP）数据

飞鸿踏雪泥 / 杨敏著 . -- 上海 : 同济大学出版社，2021.6

ISBN 978-7-5608-9584-0

Ⅰ . ①飞… Ⅱ . ①杨… Ⅲ . ①随笔 - 作品集 - 中国 - 当代 Ⅳ . ①I267.1

中国版本图书馆 CIP 数据核字 (2020) 第 222896 号

飞鸿踏雪泥

杨敏 著

责任编辑：丁会欣
责任校对：徐春莲
装帧设计：刘青

出版发行：同济大学出版社
地址：上海市杨浦区四平路 1239 号
电话：021- 65985622
邮政编码：200092
网址：http://www.tongjipress.com.cn
经销：全国各地新华书店

印刷：启东市人民印刷有限公司
开本：889mm x 1194mm 1/32
字数：279 000
印张：10.375
版次：2021 年 6 月第 1 版 2021 年 6 月第 1 次印刷
书号：ISBN 978-7-5608-9584-0
定价：58.00 元